古典詩歌研究彙刊

第五輯

龔鵬程 主編

第8冊

王昌齡詩論研究

陳必正 著

韓愈詩觀及其詩

張慧蓮 著

國家圖書館出版品預行編目資料

王昌齡詩論研究　陳必正 著／韓愈詩觀及其詩　張慧蓮 著 ─
初版 ─ 台北縣永和市：花木蘭文化出版社，2008〔民 97〕
目 2+82 ／目 2+88 面；17×24 公分（古典詩歌研究彙刊 第五輯；
第 8 冊）
ISBN　978-986-6528-57-6（精裝）
1.（唐）王昌齡　2.（唐）韓愈　3.唐詩　4.詩評
851.4414　　　　　　　　　　　　　　　　　　　98000869

ISBN - 978-986-6528-57-6

9 789866 528576

古典詩歌研究彙刊
第五輯　第八冊　　　　　　　ISBN：978-986-6528-57-6

王昌齡詩論研究
韓愈詩觀及其詩

作　　者　陳必正／張慧蓮
主　　編　龔鵬程
總 編 輯　杜潔祥
出　　版　花木蘭文化出版社
發 行 所　花木蘭文化出版社
發 行 人　高小娟
聯絡地址　台北縣永和市中正路五九五號七樓之三
　　　　　電話：02-2923-1455 ／傳眞：02-2923-1452
網　　址　http://www.huamulan.tw 信箱 sut81518@ms59.hinet.net
印　　刷　普羅文化出版廣告事業
初　　版　2009 年 3 月
定　　價　第五輯 20 冊（精裝）新台幣 28,000 元
　　　　　　　　　　　　　　　　　　　　　版權所有・請勿翻印

王昌齡詩論研究

陳必正 著

作者簡介

陳必正，1967 年生，輔仁大學中文系博士班候選人，現任聖約翰科技大學數位文藝系講師。研究方向為文學理論與老莊哲學，博士論題則是唐代詩格中的詩學理論。發表學術論文計有〈從精神分析學論陶淵明〈感士不遇賦〉〉、〈從符號學論白居易〈長恨歌〉〉等五篇。

提　要

　　本文分三章探討王昌齡詩論。

　　首章是「詩論基礎」。先說明王昌齡詩論中所引詩例取自梁·蕭統《昭明文選》。其次，說明王昌齡詩論是鍾嶸《詩品》的進一步發揮。

　　第二章剖陳其「詩論原理與應用」。原理部分，先朗溯詩本於心，發而為意。次論心之作用為抽象思維與形象思維，以明意之內涵為形象意義與抽象意義。三敘動氣與凝氣，以之為文學構思的條件。四議境之內容，分析其物境、情境與意境的意義，其中情境為形象意義，意境為抽象意義。末則以「三思」——生思、感思、取思分析王昌齡之靈感說。

　　至於應用部分，先立詩境品第，論五用優劣之理由。五用之中「用勢」所涉及的問題，足以包含用事、用字、用形及用氣中的問題。於是進而專論「生勢」。大體言之，落句體、起首入興體、常用體皆說明「詩意組合方式」在詩篇結尾、開頭及中段如何生勢；勢對、語勢（六式）則朗現詩句對稱與詩語良窳對「勢」的影響。生勢固然重要，「如何立意」才是生勢之基源問題，遂有「六貴」之說。六貴是在「自然」基礎上，強調「意」的重要，使「勢」不虛矯。末則以「五趣向」剖析王昌齡的風格論以「德操」為準的。本章最後以「犯病」敘詩之忌諱。

　　第三章上溯王昌齡「詩論淵源」，而分立意、生勢、品第與文體觀四方面。在立意方面，強調陸機重想像與思考；劉勰貴情志之真；鍾嶸好滋味；王昌齡則立自然為高格。在生勢方面，陸機未談勢；劉勰特闢〈定勢〉篇，認為勢醞藏於體中；鍾嶸未用「勢」字，然詩論亦有重勢之意；「丹采」醞勢，其源則在「風力」（即情志）；王昌齡則詳列「如何生勢」的方法。在品第方面，陸機未嘗措意；劉勰以因情造文為上，為文造情是下；鍾嶸在為情與為文之別之外，文辭又判直尋為最，用事為殿；王昌齡則提出用事、用字、用形、用氣、用勢、用神六等，其中用神為無用之用，所以稱「五用例」。在文體觀方面，陸機與劉勰「以文觀體」；鍾嶸「以情觀體」；王昌齡則「以德觀體」。

目
次

緒　論

壹、研究目的

日本弘法大師空海《遍照發揮性靈集》卷四〈書劉希夷集獻納表〉有曰：

> 王昌齡《詩格》一卷。此是在唐之日於作者邊偶得此書，
> 古詩格等雖有數家，近代才子，切愛此格。〔註1〕

時至今日，學者頗疑此書真偽，探究其內容者殊少。近二十年，有關王昌齡的研究可分為兩類：一是考辨其《詩格》真偽及生平；〔註2〕

〔註1〕引自王利器，《文鏡秘府論校注》（訂補本）（台北：貫雅文化事業有限公司，1991 年 12 月），頁 759。本書徵引《文鏡秘府論》原句，皆本於此書。

〔註2〕關於王昌齡詩論之考辨資料及其生平之論著有：
（1）鄭阿財，《空海文鏡秘府論之研究》（台北：中國文化學院中文研究所碩士論文，1976 年），頁 94～117。
（2）吳鳳梅，《王昌齡詩格之研究》（台北：政治大學中文研究所碩士論文，1979 年），頁 1～55。
（3）傅璇琮，〈王昌齡事跡考略〉，《唐代詩人叢考》（北京：中華書局，1981 年）。
（4）王師夢鷗，〈王昌齡生平及其詩論——王昌齡被殺之謎試解〉，《古典文學論探索》（台北：正中書局，1984 年 2 月），頁 259～294。
（5）美國李珍華、傅璇琮，〈談王昌齡的《詩格》——一部有爭議的

二是分析其詩論特色。〔註3〕

　　多數學者認爲現存王昌齡論詩之語散見於《文鏡秘府論》天卷之《調聲》、地卷之《十七勢》、《六義》與南卷之《論文意》等節。這些資料大體本於王昌齡論詩之語編纂而成。至於南宋‧陳學士（陳應

　　　　書〉，《文學遺產》，1988 年，第 6 期，頁 85～97。
　　（6）美國李珍華、傅璇琮，〈王昌齡事蹟新探〉，《古籍整理與研究》，
　　　　第 5 期，（1990 年 10 月），頁 87～101。
　　（7）何寄澎，〈兩唐書王昌齡傳補正〉，《唐代文化研討會論文集》
　　　　（台北：文史哲出版社，1991 年 7 月），頁 543～558。
　　（8）王利器，《文鏡秘府論校注》（訂補本），出版同註 1。
〔註 3〕關於王昌齡詩歌理論之論著有：
　　（1）張修蓉，〈王昌齡之詩格〉，《中華學苑》，第 20 期（1977 年 9
　　　　月），頁 93～106。
　　（2）吳鳳梅，《王昌齡詩格之研究》，頁 57～169。出版同註 2。
　　（3）王晉江，《文鏡秘府論探源》（香港：天地圖書有限公司，1980
　　　　年），頁 125～138。
　　（4）黃美鈴，《唐代詩評中風格論之研究》（台北：文史哲出版社，
　　　　1982 年 2 月），頁 41～42。
　　（5）王師夢鷗，〈王昌齡生平及其詩論——王昌齡被殺之謎試解〉，
　　　　出版同註 2。
　　（6）羅宗強，《隋唐五代文學思想史》（上海：上海古籍出版社，1986
　　　　年 8 月），頁 177～181。
　　（7）葉朗，《中國美學史大綱》（台北：滄浪出版社，1986 年 9 月），
　　　　頁 263～275。
　　（8）許清雲，《皎然詩式研究》（台北：文史哲出版社，1988 年元月），
　　　　頁 33～37。
　　（9）敏澤，《中國美學思想史》（第二卷）（濟南：齊魯書社，1989
　　　　年 8 月），頁 44～46。
　　（10）王運熙，〈王昌齡的詩歌理論〉，《復旦學報》（社會科學版），
　　　　1989 年，第 5 期，頁 22～29。
　　（11）蔡芳定，《唐代文學批評研究》（台北：師範大學國文研究所博
　　　　士論文，1990 年），頁 151～153。
　　（12）成復旺等，《中國文學理論史（二）》（北京：北京出版社，1991
　　　　年 9 月），頁 101～106 與頁 124～125。
　　（13）黃景進，〈唐代意境論初探——以王昌齡、皎然、司空圖爲主〉，
　　　　《文學與美學》（第二集）（台北：文史哲出版社，1991 年 10
　　　　月），頁 146～154。

行)《吟窗雜錄》及清・顧龍振《詩學指南》〔註4〕所錄王昌齡《詩格》與《詩中密旨》二書，文字和大意與《文鏡秘府論》略異，但有不少相同或相通之處，足見陳、顧二文所錄王昌齡書並非全爲後人依托，可與《文鏡秘府論》所錄王昌齡論詩之語參照（李珍華、傅璇琮）。

　　至於王昌齡的詩歌理論，學者多自原理、方法及鑑賞著眼。其原理有：（一）：主創新，不襲古語及今爛字舊意；（二）貴立意，意有兩層意思：一是指詩人的思想情感化爲作品的思想內容；二是指構思活動（王運熙）；（三）重三境，三境指物境、情境與意境，分別描述物象、抒情與智理三方面事項。境也有四種意思：一是「意識」的對象（成復旺等）；二是詩歌所描繪的對象（葉朗）；三是意象或藝術境界（王運熙）；四是一種具有「感情意義」的特殊環境（黃景進）。

　　方法上則有三種：一爲「感興說」；二爲「重構思」；三指「十七勢」（破題、收煞、造句、出意等造勢方法）（成復旺等）。而鑑賞方面已歸納出：自然爲高手，用神爲上（吳鳳梅）。

　　綜合學者所言，大致已籀繹出王昌齡詩論的特點，然則未克覶縷剖析其所以之故。因此拙文擬在學者既有的研究基礎上，進一步鉤稽王昌齡的詩論。

貳、研究角度

　　拙文試從「詩歌認識論」的角度探討王昌齡詩論。其目的在於透過現代美學觀點與語言來解說王昌齡詩論，俾能溝通古今，使其詩論能被現代人理解。

〔註4〕兩書版本：

　　南宋・陳學士（陳應行），《吟窗雜錄》（台北：國立中央圖書館藏善本：集部，詩文評類，總義之屬，明嘉靖戊申（27年）崇文書堂刊本，五十卷十冊），卷四一六。

　　清・顧龍振，《詩學指南》（台北：廣文書局，1970年元月），頁85～93。拙文挪引王昌齡《詩格》與《詩中密旨》原句，咸本於《吟窗雜錄》，並參照《昭明文選》。

　　以認識論來說，吾人透過觀察與解釋，使一切發生於知覺範圍內的種種「現象」，﹝註5﹞得以連貫而有組織、有層次地爲他人所理解。換句話說，吾人必須生活在自己能夠辨識的意義裡，且將自己延伸到自己發現爲融貫的事物裡，而能安居其中。﹝註6﹞這種有意義的活動，正可體現主體與客體在「經驗」層次上的交互關係。「經驗」的首要條件是「內化」。對感受者而言，經驗常起於外來刺激，加上個人外在的活動。然而經驗之所以爲經驗者，必須擺脫這個現實層的限制，而將這些作爲經驗的材料與其他內在心理反應和活動，交互綰合爲一整體。具體的經驗誠然可能開始於感受現實世界的一瞬間，但其眞正核心則是對這感性直覺經驗作一「內省」與「觀照」，並由此領悟而形成價值判斷。因此，經驗是整體的、自足的與自生的，甚至可暫時與外界脫離而獨立，而且往往有它的意義。﹝註7﹞

　　經驗既然爲自我所獨有，吾人則可不斷地、自動地去體驗事物，在心中整理外物，進而建立系統，締構出「意識」的世界。﹝註8﹞人同此心，心同此理，以這樣的認識論來看王昌齡詩論時，可得知王昌齡已具備現代人如何認識外物的知識。這就是拙文爲何以「詩歌認識論」作爲切入點的理由。然而閱讀王昌齡詩論之語時，吾人正面臨「如何詮釋」的問題。

﹝註5﹞　「現象」指的是「(那些)人類可以經驗到的。與它相對的是『空無』，空無並不指任何事物，而僅僅表示我們沒經驗到任何東西，亦即毫無一物呈現於我們之前。」以上概念，見諾伯舒茲（Christan Norberg Schulz）著、曾旭正譯，《建築意向》（《Intentions in Architecture》）（台北：胡氏圖書出版社，1990年12月），頁15，引 J. Jorgersen 之定義。
﹝註6﹞　見博藍尼（Michael Polanyi）等書、彭淮棟譯，《意義》（《Meaning》）（台北：聯經出版事業公司，1986年4月），頁79。人類一知覺到(這些)「意義」，便相信其爲眞實的。
﹝註7﹞　關於「經驗」一義，見高友工，〈試論中國藝術精神（上）〉，《九州學刊》，第二卷，第二期（1987年冬季號），頁9。
﹝註8﹞　關於「意識的世界」詞義，見朵伊森（Johann Gustav Droysen）著、胡昌智譯，《歷史知識的理論》（《Historik》）（台北：聯經出版事業公司，1986年6月），頁9。

　　「釋義」不只局限於字詞訓詁，更重要的還在於「語境的重整」。
「語境」就是語言使用者的身分、思想、處境與時間、地點（場合）
相互構成的語言的環境。讀者在閱讀或解釋語境時，由於語彙不同、
資料不全等因素，必定會有若干假設的「模式」作爲分析作品的工具。
這個分析工具也許不能透徹洞悉作品涵義，卻未必全無意義。因爲吾
人可從眾多可能的理解模式中，選出最有利於瞭解該作品的途徑，進
而按照某些美學標準來建構其藝術美。〔註9〕

　　然而這些美學標準並非可以無止境地重構，事實上，「（傳統的
中國）作者在創作過程中，已刻意引導讀者貫注於某些關鍵的、可
以幫助讀者有效地詮釋作品含意的意象或典故，藉此限定詮釋的範
圍」。〔註10〕換言之，作者不可能完全以中立或不偏不倚的態度創
作，作者的思想、時代的精神和特異的語言風格會滲透到作品內，
〔註11〕於是讀者必須經由理解與解釋（說明）的方法和作者或作品
「對話」。〔註12〕所謂「理解」就是依循作者和作品的內在思想與結
構關係來思考問題，並且將作者可能意識到的一切，用現代的語言

〔註9〕見陳萬成，〈讀王維〈過香積寺〉〉，《中外文學》，第二十卷，第9期
　　　　（1992年2月號），頁144～145。
〔註10〕見孫康宜，〈再讀八大山人詩——文字性與視覺性、及詮釋的限定〉，
　　　　《中外文學》，第二十卷，第七期（1991年12月號），頁7。
〔註11〕須強調的是：詩歌中所用之辭（語彙），也就是符號學中所謂的「語
　　　　碼」，乃爲作者與讀者賴以溝通的媒介。唯有雙方對此種「語碼」有
　　　　文化背景相同的認識，讀者才能喚起共同的體會與聯想，故能對作
　　　　者原意有更爲正確的理解，進而作出更爲深入的詮釋。以上觀點，
　　　　見葉師嘉瑩，〈溫庭筠《菩薩蠻》詞所傳達的多種信息及其判斷之準
　　　　則〉，《中國詞學的現代觀》（台北：大安出版社，1988年12月），頁
　　　　95。泰瑞・伊格頓（Terry Eagleton）也說：「每一個文學作品，即使
　　　　再怎麼地間接，都暗示出它是如何完成的以及它是由誰寫就的，而
　　　　且也暗示著它應怎麼研讀以及給誰去讀。每一個作品都標舉著誰該
　　　　是它的意中作者和讀者，而且也在作品本身與它的觀眾之間建立起
　　　　一種默契和同道關係。」引自陳瑞山，〈滄浪詩話的歷史範例〉，《中
　　　　外文學》，第二十卷，第十一期（1992年4月號），頁68。
〔註12〕關於「對話」一義，見俞建章、葉舒憲，《符號：語言與藝術》（台
　　　　北：久大文化股份有限公司，1990年5月），頁283～292。

表達出來。而「解釋」則是進一步根據作者的思想脈絡或者作品的結構邏輯，將那些作者未曾明白說出來的或未曾意識到的涵義，以現代的語言引伸出來。（註13）因此，拙文申論王昌齡的詩論時，將不止於單純的「語義重建」上，而是進一步拓展其隱而未發的思想。

參、各章大意

基於上述觀念，拙文分三章探討王昌齡詩論。

首章是「詩論基礎」。先說明王昌齡詩論中所引詩例取自梁・蕭統《昭明文選》。其次，從詩例中顯出王昌齡頗重感興與物色的關係。最後，自王昌齡所引詩例作者出現頻率與鍾嶸《詩品》品第相仿，鍾嶸《詩品》要義與王昌齡詩論宗旨相近，以說明王昌齡詩論是鍾嶸《詩品》的進一步發揮。

第二章剖陳其「詩論原理與應用」。原理部分，先朗溯詩本於心，發而為意。次論心之作用為抽象思維與形象思維（以王昌齡語名之，即「興」與「比」），以明意之內涵為形象意義與抽象意義。三敘動氣與凝氣，以之為文學構思的條件。四議境之內容，分析其物境、情境與意境的意義，其中情境為形象意義，意境為抽象意義。末則以「三思」──生思、感思、取思分析王昌齡之靈感說。

至於應用部分，先立詩境品第，論五用優劣之理由。五用之中「用勢」所涉及的問題，足以包含用事、用字、用形及用氣中的問題。於是進而專論「生勢」。大體言之，落句體、起首入興體、常用體皆說明「詩意組合方式」在詩篇結尾、開頭及中段如何生勢；勢對、語勢（六式）則朗現詩句對稱與詩語良窳對「勢」的影響。生勢固然重要，

〔註13〕「理解」和「解釋」在它們對「義」的把握與展開的不同關係中，得到了區別。理解和解釋的內容都被規定為意義，當意義在整體關係中凸現時，我們就視為理解的實現；當意義被表達或逐次展開時，自身就是在解釋（說明）。以上概念，見殷鼎，《理解的命運》（台北：東大圖書股份有限公司，1990年元月），頁98～106。

「如何立意」才是生勢之基源問題，遂有「六貴」之說。六貴是在「自然」基礎上，強調「意」的重要，使「勢」不虛矯。末則以「五趣向」剖析王昌齡的風格論以「德操」為準的。本章最後以「犯病」敘詩之忌諱。

　　拙文第三章上溯王昌齡「詩論淵源」，而分立意、生勢、品第與文體觀四方面。在立意方面，強調陸機重想像與思考；劉勰貴情志之真；鍾嶸好滋味；王昌齡則立自然為高格。在生勢方面，陸機未談勢；劉勰特關〈定勢〉篇，認為勢醞藏於體中；鍾嶸未用「勢」字，然詩論亦有重勢之意；「丹采」醞勢，其源則在「風力」（即情志）；王昌齡則詳列「如何生勢」的方法。在品第方面，陸機未嘗措意；劉勰以因情造文為上，為文造情是下；鍾嶸在為情與為文之別之外，文辭又判直尋為最，用事為殿；王昌齡則提出用事、用字、用形、用氣、用勢、用神六等，其中用神為無用之用，所以稱「五用例」。在文體觀方面，陸機與劉勰「以文觀體」；鍾嶸「以情觀體」；王昌齡則「以德觀體」。

第一章　詩論基礎

　　王昌齡詩論體例是先立論題，而後以詩例證之。就認識過程而言，「理後於事」，則王昌齡的詩歌理論應後於誦詩經驗。因此，瞭解其詩例即瞭解其詩論基礎，而有助於明白其詩論重心。爲此，本章先表列其所選詩例的作者，並由此發現其詩例多見於《昭明文選》，似非偶然，恐是王昌齡所選詩例直接取自《昭明文選》。因此，表分四欄：一是「詩例」，指王昌齡所選的詩；二是「標題」，指《文鏡秘府論》、《詩格》與《詩中密旨》所錄王昌齡詩論之標題；三是「作者」，指所引詩例的作者；四是「《文選》卷類」，指詩例在《昭明文選》中之卷、類。圖表臚列如下：

詩　　例	標　　題	作　　者	《文選》卷類
凜凜歲云暮，螻蛄多鳴悲；涼風率以厲，遊子寒無衣。	起首入興體之感時入興	《古詩十九首》	二九，雜詩
西北秋風起，楚客心悠哉；日暮碧雲合，佳人殊未來。	起首入興體之感時入興	江文通〈休上人〉	三一，雜擬
清風動帷簾，晨月燭幽房；佳人處遐遠，蘭室無容光。	起首入興體之先衣帶後敘事入興	張茂先〈情詩〉	二九，雜詩
遠遊越山川，山川修且廣。	起首入興體之先敘事後衣帶入興	陸士衡〈赴洛道中作〉	二六，行旅
行行重行行，與君生別離；相去萬餘里，各在天一涯。道路阻且長，會面安可期；胡馬依北風，越鳥巢南枝。		《古詩十九首》	二九，雜詩

詩竟夕澄霽，雲歸日西馳；密林含餘情，遠峰隱半規。久昧昏墊苦，旅館眺郊岐。	起首入興體之敘事入興	謝靈運〈遊南亭〉	二二，遊覽
鬱鬱澗下松，離離山上苗；以彼徑寸莖，蔭此百尺條。	起首入興體之直入比興	左太沖〈詠史〉	二一，詠史
微身輕蟬翼，弱冠忝嘉招。		潘安仁〈河陽縣作〉	二六，行旅
顧侯體明德，清風肅已邁。	起首入興體之直入興；十七勢之直把入作勢	陸士衡〈贈顧交阯公眞〉	二四，贈答
青青河邊草，綿綿思遠道。	起首入興體之託興入興	〈飲馬長城窟行〉	二七，樂府
秋日多悲懷，感慨以長歎。	起首入興體之把情入興	劉公幹〈贈五官中郎將〉	二三，贈答
遠與君別者，乃在鴈門關。		江文通〈古離別〉	三一，雜擬
白楊多悲風，蕭蕭愁殺人。	起首入興體之把聲入興	《古詩十九首》	二九，雜詩
明月照高樓，流光正徘徊。	起首入興體之景物入興	曹子建〈七哀詩〉	二三，哀傷
朔風動秋草，邊馬有歸心。	起首入興體之景物兼意入興	王正長〈雜詩〉	二九，雜詩
獨坐空堂上，誰可與歡者？	起首入興體之怨調入興	阮籍〈詠懷〉	二三，詠懷
端坐苦愁思，攬衣起西遊。		曹子建〈贈王粲〉	二四，贈答
堂上流塵生，庭中綠草滋。	常用體之藏鋒體	劉休玄〈擬古〉	三一，雜擬
朝入譙郡界，曠然銷人憂。	常用體之曲存體	王仲宣〈從軍行〉	二七，軍戎
生爲百夫雄，死爲壯士規。	常用體之立節體	王仲宣〈詠史〉	二一，詠史
風聲一何盛，松竹一何勁。	常用體之立節體；論文意	劉公幹〈贈從弟〉	二三，贈答
大國多良材，譬海出明珠。		曹子建〈贈丁翼〉	二四，贈答
何意百鍊鋼，化爲繞指柔。	常用體之褒貶體	劉越石〈重贈盧諶〉	二五，贈答
皎皎天月明，奕奕河宿爛。	常用體之賦體	謝惠連〈秋懷〉	二三，詠懷
借問子何之，世網嬰我身。	常用體之問益體	陸士衡〈赴洛道中作〉	二六，行旅
高山有崖，林木有枝；憂來無方，人莫知之。	常用體之象外比體	魏文帝〈善哉行〉	二七，樂府

漁潭霧未開，赤亭風已颭。	常用體之理入景體	丘希範〈旦發魚浦潭〉	
一聞苦寒奏，再使豔歌傷。		江文通〈望荊山〉	二七，行旅
淒矣自遠風，傷我千里目。	常用體之理入景體；詩有六貴例之貴心意	顏延年〈始安郡還都與張湘州登巴陵城樓作〉	
侵星赴早路，畢景逐前儔。	常用體之景入理體	鮑明遠〈還都道中作〉	
天際識孤舟，雲中辨江樹。		謝玄暉〈之宣城出新林浦向板橋〉	
物情棄疵賤，何獨飲衡闈。	常用體之緊體	范彥龍〈贈張徐州稷〉	二六，贈答
振衣千仞崗，濯足萬里流。	常用體之因小用大體；論文意	左太沖〈詠史〉	二一，詠史
裁用篋中刀，縫爲萬里衣。	常用體之因小用大體	謝惠連〈擣衣〉	三○，雜詩
佳人美清夜，達曙酣且歌； 歌竟長歎息，持此感人多。 明明雲間月，灼灼葉中花； 豈無一時好，不久當如何？	常用體之詩辨歌體	陶淵明〈擬古〉	三○，雜擬
游當羅浮行，息必廬霍期。	常用體之一四團句體	謝靈運〈初發石首城〉	二六，行旅
養眞衡第下，庶以善自名。	落句體之言志	陶淵明〈辛丑歲七月赴假還江陵夜行塗口〉	二六，行旅
豈知鷦鷯者，一粒有餘貲。		范彥龍〈古意贈王中書〉	二六，贈答
棄捐勿復道，勉力加餐飯。	落句體之勸勉	《古詩十九首》	二九，雜詩
感物多念遠，慷慨懷古人。	落句體之引古	陸士衡〈吳王郎中時從梁陳作〉	二六，行旅
惜哉時不與，日暮無輕舟。	落句體之含思	陸韓卿〈奉答內兄希叔〉	二六，贈答
自從食萍來，唯見今日美。	落句體之歎美	謝靈運〈擬魏太子鄴中集〉	三○，雜擬
仰觀陵霄鳥，羨爾歸飛翼。	落句體之抱比	陸士衡〈赴洛〉	二六，行旅
空房來悲風，中夜起歎息。	落句體之怨調	陸士衡〈擬古〉	三○，雜擬
自古無殉死，達人共所知。	詩有三宗旨之有以	王仲宣〈詠史〉	二一，詠史

猿猴臨岸吟。	詩有三宗旨之興寄	王仲宣〈七哀詩〉	二三,哀傷
從君度函谷,馳馬過西京。	詩有五趣向之高格	曹子建〈又贈丁儀王粲〉	二四,贈答
遠行蒙霜雪,毛羽自摧頹。	詩有五趣向之古雅	應德璉〈侍五官中郎將建章臺集〉	二○,公讌
眾鳥欣有託,吾亦愛吾廬。	詩有五趣向之閑逸;論文意	陶淵明〈讀山海經〉	三○,雜詩
昏旦變氣候,山水含清輝。	詩有五趣向之幽深;論文意;詩有九格之上句體時下句狀成格	謝靈運〈石壁精舍還湖中作〉	二二,遊覽
放情凌霄外,嚼蕊挹飛泉。	詩有五趣向之神仙	郭景純〈遊仙〉	二一,遊仙
浮雲蔽白日,遊子不顧返。	詩有語勢之好勢	《古詩十九首》	二九,雜詩
黃雲蔽千里,遊子何時還。		江文通〈古離別〉	三一,雜擬
未曾違戶庭,安能千里遊。	詩有語勢之通勢	鮑明遠〈還都道中作〉	二七,行旅
願以潺湲沫,沾君纓上塵。	詩有語勢之通勢	沈休文〈新安江水至清淺深見底貽京邑遊好〉	二七,行旅
信是永幽棲,豈圖暫清曠。	詩有語勢之爛勢	丘希範〈旦發魚浦潭〉	
四座咸同志,羽觴不可筭。	勢對例之勢對	陸士衡〈擬古〉	三○,雜擬
誰令君多念,遂使懷百憂。		曹子建〈贈王粲〉	二四,贈答
哀風中夜流,孤獸哽我前。	勢對例之疏對	陸士衡〈赴洛道中作〉	二六,行旅
人生無幾何,為樂常苦宴。	勢對例之疏對	陸士衡〈擬古〉	三○,雜擬
驚飆褰友信,歸雲難寄音。	勢對例之意對		
浮沈各異勢,會合何時諧。	勢對例之句對	曹子建〈七哀詩〉	二三,哀傷
中夜不能寐,起坐彈鳴琴。	詩有六式之淵雅;論文意	阮嗣宗〈詠懷〉	二三,詠懷
朝入譙郡界,曠然銷人憂。	詩有六式之不難;論文意	王仲宣〈從軍行〉	二七,軍戎
逍遙河堤上,左右望我軍。	詩有六式之不辛苦;論文意	王仲宣〈從軍行〉	二七,軍戎
出谷日尚早,入舟陽已微。	詩有六式之飽腹	謝靈運〈石壁精舍還湖中作〉	二二,遊覽

灑淚眺連崗。	詩有六式之用事	謝靈運〈廬陵王墓下作〉	二三，哀傷
繐帷飄井幹，罇酒若平生。	詩有六式之一管摶意	謝玄暉〈同謝諮議銅雀臺〉	二三，贈答
誰謂相去遠，隔此西掖垣。拘限清切禁，中情無由宣。		劉公幹〈贈徐幹〉	二三，贈答
馬步縮如蝟，角弓不可張。	詩有六貴例之貴傑起；論文意	鮑明遠〈出自薊北門行〉	二八，樂府
豈不罹凝寒，松柏有本性。	詩有六貴例之貴直意	劉公幹〈贈從弟〉	二三，贈答
方塘含白水，中有鳧與鴈。	詩有六貴例之貴直意；論文意	劉公幹〈雜詩〉	二九，雜詩
餘霞散成綺，澄江淨如練。	詩有六貴例之貴直意；論文意；詩有九格之句中比物成意格	謝玄暉〈晚登三山還望京邑〉	二七，行旅
古墓犁為田，松柏摧為薪。	詩有六貴例之貴穿穴；論文意	《古詩十九首》	二九，雜詩
端坐苦愁思，攬衣起西遊。	詩有六貴例之貴挽打	曹子建〈贈王粲〉	二四，贈答
細柳夾道生，方塘含清源。	詩有六貴例之貴出意；論文意	劉公幹〈贈徐幹〉	二三，贈答
秋草萋已綠。	詩有五用例之用字	《古詩十九首》	二九，雜詩
潛波渙鱗起。		郭景純〈遊仙〉	二一，遊仙
東城高且長，逶迤自相屬。	詩有五用例之用形	《古詩十九首》	二九，雜詩
石淺水潺湲，日落山照耀。		謝靈運〈七里瀨〉	二六，行旅
誰謂相去遠，隔彼西掖垣。	詩有五用例之用氣	劉公幹〈贈徐幹〉	二三，贈答
南登灞陵岸，回首望長安。	詩有五用例之用勢	王仲宣〈七哀詩〉	二三，哀傷
盈盈一水間，脈脈不得語。	詩有五用例之用神	《古詩十九首》	二九，雜詩
伐鼓早通晨。	詩有六病例之反語病	鮑明遠〈行藥至城東橋〉	二二，遊覽
平生少年分，白首易前期。	詩有二格之下格	沈休文〈別范安成〉	二○，祖餞
青青陵上柏，磊磊澗中石；人生天地間，猶如遠行客。	詩有九格之上句立興下句是比格；論文意。	《古詩十九首》	二九，雜詩

朔風吹飛雪，蕭蕭江上來。	詩有九格之上句體物下句狀成格	謝玄暉〈觀朝雨〉	三〇，雜詩
雖無玄豹姿，終隱南山霧。	詩有九格之上句體事下句意成格	謝玄暉〈之宣城出新林浦向板橋〉	二七，行旅
高臺多悲風，朝日照北林。		曹子建〈雜詩〉	二九，雜詩
羅衣何飄飄。	論文意	曹子建〈美女篇〉	二七，樂府
青青河畔草。		《古詩十九首》	二九，雜詩
池塘生春草，園柳變鳴禽。	論文意	謝靈運〈登池上樓〉	二二，遊覽

根據上表，值得注意者有三耑：

一、王昌齡所選詩例多見於《昭明文選》中。

二、王昌齡所引詩例在《昭明文選》中之分類，饒有意味，顯示他對物色與興之關係頗爲重視。以下先就《昭明文選》之分類與王昌齡詩例篇數，彙列表格，復論王昌齡頗重視物色和興之關係。茲列表如下：

《文選》分類	行旅	雜詩	贈答	雜擬	哀傷	遊覽	詠史	樂府	詠懷	軍戎	遊仙	公讌	祖餞
昌齡詩例篇數	二〇	一八	一六	一〇	六	五	四	四	三	三	二	一	一

王昌齡《論文意》時有：「覽古」、「詠史」、「雜詩」、「樂府」、「詠懷」、「古意」、「寓言」等條目，其中「詠史」、「雜詩」、「樂府」、「詠懷」與《昭明文選》的詩歌分類標題相同。理論總是建立在實踐的基礎之上，因此，王昌齡所引詩例多見於《昭明文選》，其顯示的意義，在於他的詩論是以漢魏六朝的五言詩爲對象而建立的。若以詩篇出現比例而言，王昌齡所錄詩例泰半以「行旅」、「雜詩」、「贈答」與「雜

擬」最多。這四類中，王昌齡詩例多顯示出物色與興之關係。所謂物色與興之關係，指自然景物可以興滋吾人抒情美感。唐‧賈島《二南密旨》說：「感物曰興。興者，情也；謂外感於物，內動於情，情不遏，故曰興。」宋‧李仲蒙也說：「觸物以起情，謂之興，物動情者也。」〔註1〕睹物興情本身是一個美感經驗，因爲它本於吾人觀物的美感態度，無關乎生理欲求與實用利害。而興情的物象，亦不具有現實的工具價值，實爲吾人所觀照的美感對象。因此，由興感發觸引的經驗，進一步便能發現情志與物象的關係。以王昌齡用語名之，即《詩格‧起首入興體》之「感興入興」與《十七勢》之一──「感興勢」。

　　三、王昌齡所選前人詩作篇數，多寡不一，多者在鍾嶸《詩品》中大抵爲上品；寡者則爲中下品，擬表如下：

詩例作者	引錄次數	鍾嶸品第	詩例作者	引錄次數	鍾嶸品第
古詩十九首	一四	上	顏延年	二	中
曹子建	一二	上	范彥龍	二	中
陸士衡	一一	上	沈休文	二	中
謝靈運	一一	上	郭景純	二	中
劉公幹	一〇	上	潘安仁	一	上
王仲宣	九	上	張茂先	一	中
謝玄暉	七	中	王正長	一	中
鮑明遠	六	中	劉越石	一	中
江文通	四	中	魏文帝	一	中
陶淵明	四	中	劉休玄	一	下
左太沖	三	上	陸韓卿	一	下
阮　籍	三	上	應德璉	一	下
謝惠連	二	中	古樂府	一	
丘希範	二	中			

〔註1〕關於唐‧賈島與宋‧李仲蒙對於「興」的解釋，見王念恩，〈賦、比、興新論〉，《古典文學》（第十一集）（台北：台灣學生書局，1990 年 12 月），頁 11。

依據此表，王昌齡徵引《古詩十九首》、曹子建、陸士衡、謝靈運、劉公幹及王仲宣等人之詩較多，皆列於鍾嶸《詩品》中的上品。而挪引篇數略少者如：謝玄暉、鮑明遠、江文通與陶淵明等人，皆在鍾嶸《詩品》的中品。足見王昌齡品詩標準與鍾嶸相似。

鍾嶸《詩品》研究和品評的對象是漢魏至齊梁一百二十二位詩人的五言詩，這是因爲五言詩有「滋味」。《詩品·序》說：

> 夫四言，文約意廣，取效風騷，便可多得。每苦文繁而意少，故世罕習焉。五言居文詞之要，是眾作之有滋味者也。故云會於流俗，豈不以指事造形，窮情寫物，最爲詳切者邪！故詩有三義焉：一曰興，二曰比，三曰賦。文已盡而意有餘，興也。因物喻志，比也。直書其事，寓言寫物，賦也。弘斯三義，酌而用之，幹之以風力，潤之以丹采，使味之者無極，聞之者動心，是詩之至也。

詩之極至是令人動心而覺其有滋味。滋味是就誦讀感受而言，令人愜心滿意，流連忘返，即劉勰《文心雕龍·隱秀》篇所謂的「餘味曲包」。若就詩語言而論，其特徵則爲「詳切」，「詳」是具體生動，「切」是眞實感人。詩不外情與辭，則滋味詳切寄於情辭，即「風力」與「丹采」。詩以情爲主，故稱「幹」之以風力；情由辭而顯，遂謂「潤」之以丹采。由此可知：滋味是「風力」與「丹采」相結合而生發出令人讀之有味的「味」。

「風力」是指一種「由心靈中感發而出的力量以支持振起詩歌之表達效果」，這樣的「感化」效果的意義，實指「外物與作者心靈間相觸發的一種感動，與作者表現於文字中的一種足以使讀者感動的力量」〔註2〕。「丹采」則指語言文字經營上所表現的精切與美飾。鍾嶸說王粲的詩：「文秀而質羸」；陸機的詩：「舉體華美」、「咀嚼英華，厭飫膏澤」；謝靈運的詩：「麗典新聲，絡繹奔會」；鮑照的詩：「善制

〔註 2〕關於「風力」一義，見葉師嘉瑩，〈鍾嶸詩品評詩之理論標準及其實踐〉，《迦陵談詩二集》(台北：東大圖書股份有限公司，1985 年 2 月)，頁 10 及 15。

形狀寫物之詞」、「貴尚巧似」，都是指詞采須秀美，華麗而尚巧似。
而他說張協的詩：「詞采蔥菁，音韻鏗鏘，使人味之，亹亹不倦」，則
指音律須鏗鏘有力。因此，只有文辭華美，巧構形似，音韻鏗鏘，詩
始能有「丹采」之效。〔註3〕

　　如何有「風力」與「丹采」？酌用「興比賦」。「賦」的技巧較明，
「直書其事，寓言寫物」，「賦」就是直寫事物。物欲其生動，使覽之
者躍心，則「賦」是「潤」物以丹采。「比」是「因物喻志」，則志與
物有「類比」的關係。〔註4〕至於「興」是「文已盡而意有餘」，這樣
的概念不是正面地「由作用上去解釋興之為義，或由方法上解釋興之
為巧」，而是「側面地從興的表現當身所具的美感情趣說興」，於是「興」
使人由文字表層進入情意深層而感受到語窮意遠的無限滋味，〔註5〕
故鍾嶸對「興」之解釋乃從讀者感受層面而言，非技巧層面。

　　不過，「興」也可以技巧視之。鍾嶸《詩品》說：

　　（謝靈運）原出於陳思，雜有景陽之體，故尚巧似，而逸
　　蕩過之，頗以繁蕪為累。嶸謂若人興多才高，寓目輒書，
　　內無乏思，外無遺物，其繁富宜哉！

　　（陶潛）源出於應璩，又協左思風力。文體省淨，殆無長
　　語。篤意真古，辭興婉愜，每觀其文，想其人德，世歎其
　　質直。

〔註3〕鍾嶸曾有反用典與反聲律之說，但這個看法實為相對而言，並非絕對
　　　的。無論就內容言、就形式言或就風格言，鍾嶸都主張不可以有過
　　　與不及之弊，而應求其得「中」。以上論點，同上註，頁 12。至於「丹
　　　采」一義，見蔡英俊，《六朝「風格論」之理論與實踐探究》（台北：
　　　台灣大學中文研究所碩士論文，1980 年），頁 132。
〔註4〕所謂「類比」指：某一個存在 A 與其特點 a 的關係，類比於另外一
　　　存在 B 與其特點 b 的關係，即為：A：a＝B：b
　　　如海洋（A）之波瀾（a）宛若人類（B）之憤怒（b）。以上觀念，見
　　　吳光明，〈中國哲學中的共相問題〉，《台大哲學論評》，第十四期（1991
　　　年元月），頁 10。
〔註5〕關於「興」義解釋，見李正治，〈興義轉向的關鍵──鍾嶸對「興」
　　　的新解〉，《中外文學》，第二十卷，第七期（1991 年 12 月號），頁
　　　77。

「興多才高」指謝靈運想像力豐饒，感性敏銳，遂能「寓目輒書，內無乏思，外無遺物」。如此，「興」則爲「心靈活動」。若以技巧視之，則「興」是巧構形似，巧構形似而後始能「外無遺物」、「文體省淨，殆無長物」，文字遂能臻至「繁富」、「婉愜」之效果。〔註6〕

瞭解鍾嶸《詩品》要義後，王昌齡詩論便是鍾嶸詩論進一步的發揮，而以唐人用語爲之。

〔註6〕「興」，若以創作心理活動視之，可爲想像、聯想活動；若以作詩技巧視之，則爲渲染烘托氣氛，使被描摹的對象鮮活朗現。以上概念，見王師金凌，《中國文學理論史——六朝篇》（台北：華正書局，1988年4月），頁284～286。

第二章　詩論原理與應用

第一節　原　理

　　王昌齡詩論中，最切要的問題是「如何創造好詩」。為此，他從《昭明文選》和鍾嶸《詩品》中尋找創作的典範與理論的依據（詳見前章），而訂立許多作詩的圭臬。然而在所選的詩例中，王昌齡從何處著眼作詩之法？從「詩意的形成」開始。

壹、詩的本原──心

　　詩歌如何產生？王昌齡對於這個問題的詮釋仍承襲《詩·大序》的看法。他在《論文意》中說：

　　　　詩本志也，在心為志，發言為詩，情動於中，而形於言，
　　　　然後書之於紙也。

這句話與《詩·大序》比較後，我們可以補述「志之所之也」一語。這段話簡略地說明「詩歌如何產生」的問題，蓋有五點：

　　一、詩起於「心」也。

　　二、暫且不論「志」是什麼，可知「志」在「心」。

　　三、根據「志之所之」一語，得知「志」有「意向性」與「動能性」。

四、既然「志」有向性與動性，故「志」必須觸及對象。

五、「志之所之」必有一結果，王昌齡稱之為「意」。透過語言文字對這「意」作一模擬，所得便成「詩」。〔註1〕

舉此五端，可知「志」的意義。「心」是思維官能。由於「志」有動性與向性，「志」又在「心」，因此它使心必然觸及對象。而「心」觸及對象所生的事物就是王昌齡所說的「意」，故說到「心」就一定同時說到「意」。

貳、心的作用——形象思維與抽象思維

既然說到心就說到意。那麼，「意」的內容是什麼？端看「心」具有什麼能力。心有「形象思維」與「抽象思維」兩種能力。王昌齡於《六義》中一條提到：

比者，直比其身，謂之比假，如「關關雎鳩」之類是也。

興者，指物及比其身說之為興，蓋托諭謂之興也。

《詩中密旨·詩有六義》條又說：

比者，各令取外物象已興事。

興者，立象於前，然後以事喻之。

這四則引文正可說明「詩語呈現詩意的技巧」。所謂「直比其身，謂之比假」、「取外物象已興事」，正是劉勰《文心雕龍·比興》篇中「夫比之為義，取類不常；或喻於聲；或方於貌；或擬於心；或譬於事」的「比貌」之意，指以詩語將所見的外象呈現出來，就是「比」。而以詩語將意義（或可指「托諭之事」）賦予這個外象（「指物及比其身說」），即為「興」。既然有「比」的技巧，人的思維就有「形象」的能力，否則「比」無外象可取；同理，有「興」的技巧，人的思維也有「抽象」的能力，否則「興」無事義可喻。職是之故，王昌齡對比

〔註1〕分析《詩·大序》：「夫詩者，志之所之也。在心為志，發言為詩」句意，見王師金凌，〈皎然詩論研究〉，高雄國立中山大學中文系所學術研討會（1991年6月），頁9。以下討論「形象思維」與「抽象思維」的觀點，皆以此文為借鏡。

與興的解釋，顯示出他已有形象與抽象的概念。於是，我們便可以從「心」具形象思維與抽象思維兩種能力來了解「意」的內容是什麼了。〔註2〕

《詩中密旨·詩有六義》一條所說的「比者，各令取外物象已興事」之「取外物象」，即攝取物象之意，然而仰仗什麼來攝取？「知覺能力」，尤以「視覺」能力。因此，王昌齡所說的「比」含蘊了他對「知覺」的認識。知覺既是心的能力，據心之作用為「思」，

〔註2〕朱光潛以為維柯（Giambattista Vico）提到關於「形象思維」有三條重要的規律：

（1）抽象思維必須有形象思維做基礎，在發展次第上後於形象思維。維柯說：「人最初只有感受而無知覺，接著用一種受驚恐不安的心靈去知覺，最後才用清晰的理智去思索。」而知覺與思索也有明顯之別：「哲學把心靈從感官中拖出來，而詩的功能卻把整個心靈沈浸在感官裏；哲學飛昇到普遍性（共相），而詩卻必須深深地沉浸到個別具體事物（殊相）裡去。」

（2）形象思維是「以己度物的隱喻（Metaphor）」，即儒家所說的「能近取譬」。維柯說：「在一切語言裡大部分涉及無生命的事物的表達方式，都是從人體及其各部分以及從人的感覺和情慾方面借來的隱喻，例如用『首』指『頂』或『初』；用『眼』指放進陽光的『窗孔』；用『心』指『中央』；……在一切語種中都可蒐集到無數這樣的例證。這一切都是由於公理所說的：人在無知中把自己當作整個世界的準繩，在上舉事例中，人把自己變成整個世界了。」這樣的觀點，若以文字技巧視之，則可和詩論中的「比」與「興」相印證。

（3）形象思維的第三條重要規律是原始民族還不能憑理智來形成抽象的類概念，而只會憑個別具體人物來形成「想像性的類概念」（imaginary class-concept）。例如「兒童的本性使他們根據最初認識到的男人、女人或事物所得到的印象和名稱，去了解和稱呼一切有些類似或關係的新碰到的其他男人、女人或事物」。例如見到年長的男人都叫「爸」或「叔」，見到年長的女人都叫「媽」或「姨」。維柯還舉荷馬《史詩》為例，證明希臘人將一切勇士都叫做「阿迦琉斯」，猶如中國人將一切巧匠都叫做「魯班」，一切神醫都叫做「華陀」。這樣的規律和我們常談的「典型人物性格」有很大關係。

以上觀點，見朱光潛，《維柯的《新科學》及其對中西美學的影響》（香港：中文大學出版社，1984年），頁29～32。

則知覺之所思是什麼？以王昌齡的話來講，即「意」的內容是什麼？知覺之所思為「知覺概念」，那麼「意」之內容即為「知覺概念」了。何謂「知覺概念」？「知覺」是以把握物體中最突出的結構之特點開始的，〔註3〕它不僅是被動地接受物象（物象也不是單單將它們的樣子如實地印在感覺器官上），而是「主動」地探索物象整體結構中最顯著的特徵，這些特徵能決定一個被覺察的物象之「同一性」而造成完整的「形象」。〔註4〕因此，吾人掌握到的物象是「普遍化」（generalization）的，猶如抽象思維對物象把握到的概念，所以可稱為「知覺概念」。所不同的是：知覺概念為具體的，非抽象的性質。

知覺概念在時間之流中連屬而形成關於物象的知識，這樣的知識因帶著濃厚的情感，所以不像抽象知識那麼嚴謹清晰，不過，因為此連續而動態的知覺概念頗似抽象思維或推理，所以，知覺行為也能產生有意義的知識。於是連續而動態的知覺行為可以稱為「形象思維」，知覺概念在形象思維中形成判斷。要言之，王昌齡所說的「意」，就具有形象概念和判斷的內容。試以電影默片為喻：鏡頭主動把握物象整體結構的特點就像知覺一般，而每個獨立的影像就是「知覺概念」，不過本身不具任何意義，更無任何作用，惟其前後連貫（就像形象思維過程），才有生命可言，而成為一種具有藝術特質且富意義的新組合（猶如形象判斷），這樣的過程，即是電影理論中的「蒙太奇原理」（Theories of Montage）。〔註5〕

〔註3〕關於「知覺」一義，見安海姆（Rudolf Arnheim）著、李長俊譯，《藝術與視覺心理學》（《Art and Visual Perception》）（台北：雄獅圖書公司，1985年7月），頁47。

〔註4〕同上註。

〔註5〕所謂「蒙太奇」理論，簡言之，即選擇和組接諸鏡頭以構成影片意義的整體的程序。這一程序大致體現在三方面：首先是在鏡頭內部各同質和各異質因素間的並列安排，然後再選擇合用的鏡頭單元。其次是諸鏡頭在鄰近關係或連續關係中的次序安排。最後則是每個鏡頭長短以及各鏡頭之間的「過渡鏡頭」長短的時延確定。以上所

　　前文提到王昌齡對比和興的解釋透露出他對形象和抽象兩種思維能力有所認識。既然知覺概念因形象思維而連續、運動，而有意義（即形象判斷），那麼，抽象概念也因抽象思維而連續、運動，而成抽象判斷，因此，王昌齡所說的「意」就包括形象概念、判斷與抽象概念、判斷的內容。換句話說，「意」即含形象意義和抽象意義，〔註6〕以王昌齡的話來說，就是《詩格・詩有三境》中的「情境」與「意境」（詳後文）。

　　既知「意」，如何「立意」？先「動氣」與「凝氣」。

參、動氣與凝氣

　　由於心有動性與向性，遂能感物。王昌齡說：「江山滿懷，合而生興，須屏絕事物，專任情興」（《論文意》），當江山滿懷之時，以情誘發一切念慮，此「情」，王昌齡又稱為「氣」。所以他說：

> 文章興作，先動氣，氣生乎心。心發乎言，聞於耳，見於目，錄於紙。
>
> 凡屬文之人，常須作意，凝心天海之外，用思元氣之前。（俱見《論文意》條）

此「氣」即《文心雕龍・體性》篇的「氣以實志」之「氣」。「氣」（動機）因各人有不同的「態度」或「意向」〔註7〕而「或以刺上，或以

〔註6〕
〔註7〕

言，見李幼蒸，《當代西方電影美學思想》（台北：時報文化出版企業有限公司，1991年7月），頁109。又見史蒂芬遜（Ralph Stephenson）等著、劉森堯譯，《電影藝術面面觀》（《The Cinema Art》）（台北：志文出版社，1990年3月），頁177～182。

〔註6〕在此必須將「意」與「意義」作一區別。「意」是就心之所涵而言，無所指涉，因此含有一切可能的指涉。「意義」是就心（思維能力）活動的結果而言，它因心的活動而指涉某對象。換句話說，「意義」是「意」的實現或落實。見註1，頁11。

〔註7〕「態度」受個人嗜好及其文化背景所影響。見諾伯舒茲（Christian Norberg-Schulz）著、曾旭正譯，《建築意向》（《Intentions in Architecture》）（台北：胡氏圖書出版社，1990年12月），頁17～18。又見劉昌元，《西方美學導論》（台北：聯經出版事業公司，1986年8月）引史多尼茲（Jerome Stolnitz）《美學及藝術批評哲學》

化下，或以申心，或以序事，皆爲中心不決，眾不我知」（《論文意》）。
此時，「記憶」作用也使我們有意識地指向這個對象而產生意識活動。
換句話說，在棼亂龐雜的現象中，我們已有「選擇」物象的能力，也
就是「比者，各令取外物象已興事」的「取象」能力。因此，心除了
「動性」和「向性」之外，還有「選擇」的特性。而「想像」與「思
考」也受這個動機的導引，而不致任意聯想。

有了動機，便引起我們的「注意力」。能注意某事，就是「抽象」
的開始，而趨向「類比」作用。〔註8〕在王昌齡《論文意》中有兩則
討論此觀念：

> 夫置意作詩，即須凝心，目擊其物，便以心擊之，深穿其境。
> 如登高山絕頂，下臨萬象，如在掌中。以此見象，心中了見，
> 當此即用。如無有不似，仍以律調之定，然後書之於紙。會
> 其題目，山林、日月、風景爲眞，以歌詠之。猶如水中見日
> 月，文章是景，物色是本，照之須了見其象也。

> 夫作文章，但多立意。令左穿右穴，苦心竭智，必須忘身，
> 不可拘束。思若不來，則須放情卻寬之，令境生。然後以
> 境照之，思則便來，來即作文，如其境思不來，不可作也。

（此條又見皎然《詩式》）

心之作用爲「思」，故「凝心」即「凝思」。「思」的含意隨「心」而轉，
可以指想像與思考（類比），也可以指情感方面的感物活動。〔註9〕在
目光觸及物象後，心，就對此物象有「移情」的作用。所謂「移情」

（《Aesthetics and Philosophy of Art Criticism》）說：史氏將「態度」
定義爲一種「引導或控制我們的知覺方式」（見劉書頁 80）。史氏又
說：「其實態度與動機並沒有明顯的區分，因爲動機顯然可以引導控
制我們的知覺方向」（見劉書頁 92）。

〔註8〕吾人能「注意」某事，即「抽象」的開始。見吳光明，《歷史與思考》
（台北：聯經出版事業公司，1991 年 9 月），頁 73，引韋思曼（Frederick
Waisman）之〈可證性〉（〈Verfiability〉）一文所言。「類比」一義，
可見本書第一章註釋第 4。

〔註9〕關於「思」的涵義，見王師金凌，《中國文學理論史──六朝篇》（台
北：華正書局，1988 年 4 月），頁 130。

是指人沒有直接感性刺激時，能憑藉記憶與想像，在個人內心創造一
種情境，使他個人有親歷其境之感，〔註 10〕即是引文所說「須放情卻
寬之，令境生。然後以境照之，思則便來」之意。在「目擊」與「心
擊」的同時，「心中了見」遂有「共鳴」（「深穿其境」）之感。如此的
感覺宛若「登高山絕頂，下臨萬象，如在掌中」般，而「心凝形釋，
與萬物冥合」（柳子厚〈始得西山宴遊記〉）。這揭示了「可見的世界和
我行動企圖各自又同時互相隸屬於同一個存有的整體」的觀念。〔註 11〕
即南朝宋·宗炳〈畫山水序〉說：

> 夫以應目會心為理者，類之成巧，則目亦同應，心亦俱會，
> 應會感神，神超理得。

簡言之，《莊子·田子方》篇所謂「目擊而道存」正是此意。

　　然而，如何「凝心」？首先「必須忘身，不可拘束」。「忘身」即
破除我執。《老子》第十三章說：「吾所以有大患者，為吾有身」，人若
對身體有深重的執著，知覺感受便受到阻礙，無法拓展身體經驗，當然，
想像力自然也為之銳減。其次，「必須安神淨慮」。王昌齡《論文意》說：

> 春夏秋冬氣色，隨時生意。取用之意，用之時，必須安神
> 淨慮，目睹其物，即入於心，心通其物，物通即言。言其
> 狀，須似其景，語須天海之內，皆入納於方寸。

「安神淨慮」即「神慮安淨」。這是心的一種特殊狀態，與動氣相反，
是為凝氣。陸機《文賦》說：「其始也，皆收視反聽，耽思旁訊，精鶩
八極，心遊萬仞」，澄心淨慮的方法是「收視反聽」。如果視聽外馳，
則心靈膠著於外物，不得隨意流轉。唯有安神淨慮，才能想像，縱橫
萬里，超越時空，外物也隨之清明而絡繹奔會。「意」就在這種情況下

〔註10〕「移情作用」，可見高友工，〈試論中國藝術精神（上）〉，《九州學刊》，
　　　　第二卷，第二期（1987 年冬季號），頁 5。又朱光潛，《文藝心理學》
　　　　（台北：台灣開明書店，1991 年 6 月），頁 34～35，說：「移情作用
　　　　是外射（Projection）作用的一種，外射作用就是把我們的知覺或感
　　　　情外射到物的身上去，使它們變為在物的。」
〔註11〕見王建元，《現象詮釋學與中西雄渾觀》（台北：東大圖書股份有限
　　　　公司，1988 年 2 月），頁 43，引梅洛龐蒂（Merleau-Ponty）語。

不斷湧現。劉勰《文心雕龍‧神思》篇也說：「是以陶鈞文思，貴在虛靜，疏瀹五臟，澡雪精神。」滌除感知經驗的束縛，避免雜遝萬象的羈絆，才能使想像力獲得最大的自由與空間，因此也就能感應靈速，取捨由心了。（註12）因能「凝心」，故「目睹其物」時，即可「心通其物」，即掌握物體最顯著的特徵而可「意能稱物」，進而能「物通即言」。

欲「立意」得先動氣再凝氣，再「心物感應」，而《詩格‧詩有三境》所討論的問題正是分析創作過程中，「心物感應」之所得。

肆、境的內容

王昌齡於《詩格》中提出「詩有三境」：

物境一：欲爲山水詩，則張泉石雲峰之境，極麗絕秀者，神之於心。處身於境，視境於心，瑩然掌中，然後用思，了然境象，故得形似。

情境二：娛樂愁怨，皆張於意而處於身，然後馳思，深得其情。

意境三：亦張之於意，而思之於心，則得其眞矣。

境，就是《老子》第二十五章所說的「域中有四大」之「域」，指範圍、疆界之意，也就是「場」（field）之意。（註13）境也是「想像」的對象。「想像」是在知覺基礎之上，以「心象」爲形式創造的心理過程。這裡的「心象」是指個人在某一時間的經驗，連續、動態的（非固定的）心理活動之所得。（註14）簡言之，「心象」乃人與環境（物

〔註12〕見陳昌明，〈從「身──心──世界」之關係論《文心雕龍‧神思》篇〉，《魏晉南北朝文學與思想研討會論文集》（台北：文史哲出版社，1991 年 8 月），頁 279。

〔註13〕「場」的解釋與「完形心理學」（Gestalt Psychology）所謂「知覺場」（Perceptual field）有關。任何在特定時間、空間中被我們知覺到的事物，都是一個「知覺場」，藝術作品當然也是一個知覺場。以上概念，見劉思量，《藝術與創造──藝術創作及欣賞之理論與實際》（台北：藝術家出版社，1989 年 5 月），頁 215。

〔註14〕「想像」一義，見葉朗主編，《現代美學體系》（北京：北京大學出版社，1988 年 10 月），頁 186。

象）相互作用的產物。王昌齡說：

> 人心至感，心有應說，物色萬象，爽然有如感會。（《十七勢‧
>
> 感興勢》）

　　心爲何能與物相感應？心如何把握住物象？這牽涉到物象是以什麼樣態呈現於眼前的。物象總是在其所給予的條件的許可下，以最「單純」的結構呈現來的。〔註15〕「單純性」是一種最簡練、完整而有秩序的結構，這樣的結構是吾人能加以陳述的。而此單純結構的「形象」正是吾人視網膜之刺激及大腦本身趨於最簡單結構之傾向的聯合條件所造成的。如此心物關係便是個人與具體形象之間有一個結構上的呼應，可稱爲「類質同像性」（ismorphism）。〔註16〕基於這樣認識，心物始能相應感會。

　　心與物接而感應、活動，活動有它的對象物及目的，其具體實現是由動作（實踐）進行的，而活動的結果呈一整體性。〔註17〕在心物交感的活動中，情感的觸動與「象徵」作用也是相當重要的。〔註18〕譬如我們「欲爲山水詩」時，必須先實際處身於「泉石雲峰之境」，身所盤桓，目所綢繆，飽游飫看，歷歷羅列於胸中，然後專精勵意，委務積神（「神之於心」），再仔細觀察週遭草木山川之狀（「視境於心」），即劉勰《文心雕龍‧物色》篇所言：「窺情風景之上，鑽貌草木之中」，用「情」掌握其箇中之美（「瑩然掌中」），這樣心才能融入境中（「安身」），而後在腦海中思索構象（「然後用思」），方能「深穿其境」，「了然境象」。這一物象往往具有「極麗絕秀」的性質。若訴諸文字，便可清楚貼切地描寫出自然景物的姿態與形象的語言世界

〔註15〕同註3，頁55。

〔註16〕同註3，頁61～62。

〔註17〕關於「活動」一義，見許明，〈打開環狀結構的秘密──審美活動中主客體關係的分析〉，《文學與美學》（第一集）（台北：文史哲出版社，1990年元月），頁330。

〔註18〕「象徵」指以天地自然之象或人心營構之象以「徵」他物。他物或可爲象，或爲實物。見秦濤，〈象徵〉（《文學術語辭典》之一），《文訊》，第十六期，（1985年2月號），頁287。

（「故得形似」）。〔註19〕

　　物象可以成為眼觀的實際對象，也可以成為心視的內部對象，即心靈活動（想像）的產物——「意象」。「意象」乃指稱「人們過去的感覺或已被知解的經驗在心裡再現或記起的『心靈現象』」，〔註20〕換句話說，在心物感應活動時，透過想像或思考的作用而有活動之所得——「意象」。而王昌齡所謂「情境」與「意境」，正是吾人對心靈感物活動之所得的「意象」的剖析。

　　王昌齡在談情感時說：「娛樂愁怨，皆張於意而處於身」，意即心，心與物相交而生情（「娛樂愁怨」之情），這樣的情感經驗雖布滿一身，此情卻較為直接而浮淺，梁・裴子野稱為「興浮志弱」（《雕蟲論》並序）。如何深化？經過想像、外射（project）（「馳思」）與內省的活動，而與物相融而得其「境象」，之後情感愈轉愈深沉而複雜、寬廣，逐漸趨向個人內心深處（「『深』得其情」），為個人獨有而外人無法觸及的幽深孤峭之情。此情亦為想像的對象，故可稱之為「情境」。

　　然而人之視物不特情感而已，凡云情感者，皆謂關於某事物之情感。則情感必含關於某事物之認知，此認知王昌齡稱之為「意境」。「意境」亦張本於心（意），「思之於心」即「於心思之」，此「思」較偏重於辨思研慮的知解領域。大腦經過思考裁擇、條貫統序的抽象思維過程，於是吾人甫能思慮恂達，耳目聰明，進而領悟到事物的特性，換句話說，透過縝密的思考後，可將個體或現象所引起的困擾或迷惑，消融到我們心中已知的規律或模式中，因而對事物有一「普遍性」的認知，即認知事物之「眞」（「則得其『眞』」）。此「眞」非邏輯之眞，亦非數學、物理之眞，而係就吾人識得此物而言眞。邏輯、物理之眞具有普遍性，此「眞」既具普遍性，亦不具普遍性。言不具普遍性乃

〔註19〕「形似」一義，見蔡英俊，《比興、物色與情景交融》（台北：大安出版社，1986年5月），頁202。

〔註20〕關於「意象」一義，見王師夢鷗，《文學概論》（台北：藝文印書館，1982年10月），頁119。

置於邏輯、物理之中相較而言。言具普遍性乃就事物朗現吾人心中而言。「朗現」於心，人人皆然，故具普遍性而可得「抽象意義」。〔註21〕

其實，人之觀物不徒知其爲某物而已，每每於知其某物之餘，不能無得失之「情緒」，甚至復以清明之智心反省，觀照此失得之情緒，而生超乎得失之情感。故凡云認知某物者，輒牽引出關於某物之情感。心靈既有此情感（「情境」）與知解（「意境」）糾纏之現象，則所謂「意象」中有情境與意境之別，乃分析之便而言，實爲心靈中無法斷然二分的。意即情感與知解同時發生並存，不偏一方，只是強弱之別而已。

一言以蔽之，因心具有形象思維與抽象思維兩種能力，「物境」是思維活動所必觸及者，境以象顯，而孤立的象不能成其爲境。故物象被思維所攝而成爲形象概念或抽象概念，境則是象在連續、動態中所構成的情況，可以合稱爲「境象」。諸物象在「境象」中以其位置、力量、方向形成「態勢」。「態勢」即是吾人把握物象中感人的質素，而後經由想像與思考作用與物相遭相融而生「意象」。由上述研析得知：「意象」大致可分爲「情境」（情感）與「意境」（知解）兩部分：「情境」乃情感之所涵之「境」；「意境」爲知解之所涵之「境」。換而言之，因思維在時間之流中活動，則所認知的物象是連續而動態的，於是知覺概念（形象概念）或抽象概念在連續動態中形成情感和知解，王昌齡稱之爲「情境」與「意境」。就情感係形象思維對物象作用的結果而言，可具有「形象意義」；就知識爲抽象思維對物象性

〔註21〕明・謝榛《四溟詩話》卷二有言：「詩有四格：曰興、曰趣、曰意、曰理。太白贈汪倫曰：『桃江潭水深千尺，不及汪倫送我情』，此興也。陸龜蒙詠白蓮曰：『無情有恨何人見，月曉風清欲墜時』，此趣也。王建宮詞曰：『自是桃花貪結子，錯教人恨五更風』，此意也。李涉上于襄陽曰：『下馬獨來尋故事，逢人惟說峴山碑』，此理也。悟者得之，庸心以求，或失之矣。」此「意格」乃是有別於「情」的一種心靈活動經驗，是將感性直覺經驗作爲對象，而加以反省，並由領悟而形成價值判斷的意念。這樣的「意格」頗似王昌齡所謂的「意境」。關於謝榛「意格」的解釋，見顏崑陽，《李商隱詩箋釋方法論》（台北：台灣學生書局，1991年3月），頁63～64。

質作用的結果而言,可說有「抽象意義」。茲以圖表列之,以張眉目。

整個活動統稱為「立意」

其實,在詩意形成的過程中,「靈感」亦是可討論的因素。

伍、三　思

「靈感」具有偶發和不由自主的性質,不期而遇卻又稍縱即逝,陸機《文賦》說:「若夫感應之會,通塞之紀,來不可遏,去不可止。」宋·魏慶之《詩人玉屑》卷十「詩思」條也說:「詩之有思,猝然遇之而莫遏,有物敗之,則失之矣。」正說明靈感之不易得。王昌齡也討論靈感的問題,已在《詩格》中提出「詩有三格」之說:

> 生思一:久用精思,未契意象,力疲竭智。放安神思,心偶照境,率然而生。
>
> 感思二:尋味前言,吟諷古制,感而生思。
>
> 取思三:搜求於象,心入於境,神會於物,因心而得。

「生思」指靈感之思。之所以「久用精思,未契意象,力疲竭智」,乃因我們在面對物境時,不能掌握住物象之明顯特徵。實際上,「昏旦景色,四時景象,皆以意排之,令有次序」(《論文意》),即物莫不以「簡練、完整而有秩序的結構」呈現眼前,只是我們「氣來不適,心事不達」(同上)而已,因此,解決之道亟須「放安神思」。王昌齡於《論文意》曾說:

> 至清曉,所覽遠近景物及幽所奇勝,概皆須任意自起,意欲作文,乘興便作,若似煩即止,無令心倦。常如此運之,即興無休歇,神終不疲。

看興稍歇，且如詩未成，待後有興成，卻必不得強傷神。

若睡來任睡，睡覺即起，興發意生，精神清爽，了了明白，

皆須身在意中。

「身在意中」即「安立其身」，屬「情意」問題，指心能融入境中而掌握物體之明顯特徵，身亦然。任意乘興而作，放情寬身而動，神終不疲。劉勰《文心雕龍‧養氣》篇說：「率志委和，則理融而情暢；鑽礪過分，則神疲而氣衰。」心澄神泰，臨文之際，自能遊刃有餘；身勞氣竭，則思贏文滯。清‧吳雷發《說詩管蒯》說：

詩要洗心。……至於詩，則必洗滌俗腸，而後可以作。……

蓋其俗在心，未有不俗之詩。故欲治其詩，先治其心，心

最難於不俗，無已，則于山水間求之。〔註22〕

「洗滌俗腸」實講「誠」。《周易‧乾文言》曰：「子曰：君子進德修業，忠信所以進德也；修辭立其誠，所以居業也」，「修辭立其誠」即先蠲滌情感上的一切渣滓（虛壹而靜），芟夷蕪駁，如是可使內心澄澹淨潔，眞摯懇切。之後眼觀「春夏秋多氣色，隨時生意」（《論文意》），即入於心，「心偶照境」，不須強求，「率然而生」靈感。

我們從物象裏可得靈感，從事理中亦可得。「取思」言前者；「感思」述後者。感思即指吟誦尋味前人的作品而得靈感之意。《論文意》中有五則提供線索：

凡作詩之人，皆自抄古今詩語精妙之處，名爲隨身卷子，

以防苦思。作文興若不來，即須看隨身卷子，以發興也。

凡作文，必須看古人及當時高手用意處，有新奇調學之。

詩有覽古者，經古人之成敗詠之是也。

詠史者，讀史見古人成敗，感而作之。

古意者，非若其古意，當何有今意？言其效古人意，斯蓋未當擬古。

〔註22〕引自施友忠，《二度和諧及其他》（台北：聯經出版事業公司，1976年7月），頁85。

陸機《文賦》說：「頤情志於典墳」，意謂在閱讀古典作品（如「覽古」、「詠史」、「古意」類）中，吾人可以抄錄古今佳句，以為饋貧之糧，更可以儲備文化知識，記在腦中，以備不時之需，日後於創作時，不期而遇之，可為靈感。

　　至於「取思」，因心有選擇的特性，故可「搜求於象」。「意象」生於心物相遭相融之際，此時情感與知解進入境象中，冀求終與物合一而心能喜悅滿足（「神會於物」）。「神會」相對於認知，意指它所處理的客體並非純粹的，而是被個體的志趣染了色的。〔註23〕儘管如此，物象萬千，隨人取樣，可為靈感之源。

第二節　應　用

　　概括地說，心有形象思維與抽象思維，透過想像與思考的作用而與物象相感應結合而得出意象，此意象經由解析可分為情境（情感層面）與意境（知解層面）。如果仔細分辨，心靈的內涵各有不同，其想像與思索的觸角便有不同，故所得意象更是千變萬化，因而其表現出來的主體風格（作家生命的獨特風姿）與語言風格（作品語言結構的藝術特徵）〔註24〕亦迥異殊別。這恰如桑黛克（Susan Sontag）所說：

〔註23〕塔克特‧帕深思（Talcott Parsons）強調吾人可以藉著以下三種不同的途徑來為自己與客體定位。一是「認知」的（Cognitive）態度在於試圖區分並描述客體，因而接近於「科學」。認知首先以「抽離」客體為基礎，各個彼此分離的元素被規整、比較，並依「功能」分判關係。二是「神會」的（cathetic）態度則在於對客體所提供的喜悅滿足作最直接的反應。神會相對於認知，意指它所處理的客體並非純粹的，而是被個體的「志趣」染了色的。三是「評價」的（evaluative）態度則在於為吾人與客體的關係定出「規範」（norms），或可稱之「無趣的神會」，意指吾人探討事物的價值卻不投身其中。吾人面對客體時，可採取一種或者兩種或更多不同的態度去處理同一客體，譬如欣賞藝術，吾人心中至少已具備「認知」與「神會」兩種意向態度。以上觀點，見註7，《建築意向》，頁47～48。
〔註24〕心靈因有內涵，使得活動有意義，然而心靈會割裂活動，無法掌握物體全貌。於是吾人只好運用語言表達概念與情感，描繪出一情狀。

風格是作家意志的簽名，既然人類的意志有無可計數的姿
貌，那麼藝術作品的風格也就有無限多的可能性。〔註25〕

心靈內涵之如此變化多端是受社會化（傳統文化）與個性（個人經驗）
影響，劉勰《文心雕龍·體性》篇說：

夫情動而言形，理發而文見，蓋沿隱以至顯，因內而符外
者也。然才有庸儁，氣有剛柔，學有淺深，習有雅鄭，並
情性所鑠，陶染所凝。是以筆區雲譎，文苑波詭者矣。

才與氣是個性的內涵，習和染便是社會化的內涵。「社會化」包括「模
仿」與「認同」兩個過程。前者在於接受文化內容：如知識、信仰與
象徵等。而後者則在於了解並領受文化背景所調理出來的價值（如倫
理價值）。〔註26〕要言之，「社會化」意謂吾人學著以不同的「模式」
去認知不同的事物所得到獨特的價值取向。這個價值取向會因新的生
活處境而調整或改變，卻有相當的穩定性質，而且隨著年歲而增強。
依此，再配合個人才氣性情，遂能轉化出不同的主體風格，若訴諸文
字，則可呈現不同的「作者之意」與「語象」。

　　「作者之意」關乎作者心之內涵，因才、氣、學、習的組合而有
特殊的構思活動。「語象」則是由此構思所得之意化成文章時所呈現
的「整體」樣貌。文章是由文辭組合而成的，文辭則可以分為文辭組
合及意義。文辭組合中包含文辭單元與組合單元。每個文辭單元有
形、音、義三者，而每個組合單元將若干文辭單元以不同的方式（整
齊或不整齊，有韻或無韻）組合。意義則顯於其間。意義的性質大體
有情志、事蹟和論理三類，〔註27〕茲以圖表列之如下：

因用語言，遂衍生出語言風俗。

〔註25〕見蔡英俊，〈「風格」的界義及其與中國文學批評理念的關係〉，《文
　　　　心雕龍綜論》（台北：台灣學生書局，1988 年 5 月），頁 359。
〔註26〕關於「社會化」的問題，見註7，《建築意向》，頁 22～27。
〔註27〕同註9，頁 205。

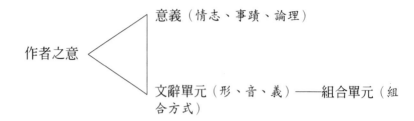

意義（情志、事蹟、論理）

作者之意

文辭單元（形、音、義）──組合單元（組合方式）

　　文章生於心靈與文辭相遭相融之際，然而文辭的選擇、組合及其所顯的意義，都發自作者情志（意），情化爲美感，志顯於認知。作者心靈若偏重於認知取向而與文辭意義相合時，便得概念、思想；若傾向於美感取向而與文辭意義相遇時，雖有概念、思想，卻不以此爲主，而由此興起迷茫朦朧誘引的經驗。〔註28〕這種經驗落實文字時，正是唐・戴叔倫所說：

　　　　詩家之景，如藍田日暖，良玉生煙，可望而不可置於眉睫
　　　　之前也。（唐・司空圖〈與極浦論詩書〉引）

也就是說：詩人在選擇境象以鎔鑄詩意時，其語言必須能寫意，而境象刻碎將使意隱而弗現，因此，語言所描寫的境界必須比眞實的境象朦朧含糊，這時，境象只是個引子，而不是核心，這樣的技法，我們可以稱之爲「虛懸的意象」（image in suspension）。〔註29〕

　　然而作者之意不僅有不同層次的表現，更有良窳之別，並非人人皆可達到如此境界。王昌齡在《詩格》中的「詩有五用例」正是討論詩意不同層次的表現。

壹、詩境品第──五用

　　「詩有五用例」說：「用事不如用字，用字不如用形，用形不如用氣，用氣不如用勢，用勢不如用神」。其理安在？我們觀物取象時，

<hr>

〔註28〕同註9，頁206。
〔註29〕「虛懸的意象」一義，見高友工、梅祖麟作、周昭明譯，〈王士禎七
　　　　絕結句：清詩之通變〉，《中外文學》，第十九卷，第 7 期（1990 年
　　　　12 月號），頁 17。

不只要使物象「具體而完整的立即呈現」，更要使物象能「感蕩心靈」，以發揮借景而抒情的效果。由前節分析得知：吾人的知覺能夠整體地把握客體，而客體的整體結構是可以喚起吾人心中某種情感的。當然，心裡也有某種情感屬性的結構與此整體結構相呼應，這種情感屬性的結構可稱爲「喚情結構」。〔註30〕喚情結構可分爲靜態和動態，前者是由色彩、線條、聲音、靜態關係等因素構成，後者則包括動作、表情、動態關係等因素，動與靜兩種喚情結構是共存而相輔相成的。然而靜態喚情結構可以單獨構成藝術形式，層次稍低，而動態喚情結構卻不可分割，有一整體關聯，層次較高。由此，便可評騭「用事」、「用字」與「用形」之高下。

　　「用事」乃用典故。用典終隔一層，不如白描。「用字」雖然避免了用典的缺陷，卻是片面地妝點物象，偏重單字的特殊效果（類似「詩眼」），如《古詩十九首》之一：

　　　　秋草萋已綠（以下詩例皆王昌齡所引）

與郭景純〈遊仙詩〉：

　　　　潛波渙鱗起

「萋」、「渙」分別妝點了「草」與「波」，使「草」與「波」的樣態活了起來，卻不如「用形」，因爲「用形」是動態的、整體的，不僅是呈現物象之實，更鮮明地引觸整體的形象，如《古詩十九首》之一：

　　　　東城高且長，逶迤自相屬。

與謝靈運〈七里瀨〉詩的：

　　　　石淺水潺湲，日落山照耀。

「高」、「長」、「逶迤」、「相屬」使「東城」活躍起來，這和「萋綠」、「渙鱗」使「草」、「波」活動起來是一樣的，所不同的在於「東城」「活」動，「草」、「波」「生」動。大體看來，「生」與「活」無殊，細緻分辨，則「生」不如「活」。以生命層級爲喻，則「生」在植物

〔註30〕「喚情結構」一義，見高楠，《藝術心理學》（瀋陽：遼寧人民出版社，1988年元月），頁81〜113。

生命的層次，「活」則在動物生命的層次。謝靈運的詩例亦然。

「用形」雖然能使物象「活」動，但是誰來觀照物象？人。因此，物象之中若無人，好比生命的發展只到動物而未臻人類。因此，「用形」不如「用氣」。「氣」，廣義的說，泛指生命力；狹義的講，指情感。心與物象相遭相融之際，情感迸發出來，化入詩文，謂之「用氣」。如劉公幹〈贈徐幹〉詩說：

> 誰謂相去遠，隔此西掖垣。

西掖之垣，經此詰問，懷思之情躍然而生。西掖之垣雖無粧點，無描摹，卻岸然阻絕，而使情生，而掖垣之「岸然」全因氣（情感）至而生。若氣不至，掖垣只不過是頹然死物而已。所以說「用形」不如「用氣」。

然而情感之感蕩人心，有強有弱。弱者令人懵然無覺，強者令人心弦震顫。如果要令人心弦震顫，莫如「用勢」。「勢」在心中謂之心理張力，在詩文則以技巧涵之。王仲宣〈七哀詩〉說：

> 南登灞陵岸，回首望長安。

就詩文言，「南登」與「回首」是對比，此一對比使「灞陵」去「長安」越來越遠。就心理言，詩文之對比使心靈感受張力，猶如繃緊的網羅。文字以感蕩人心爲主，所以說「用氣」不如「用勢」。

持續的張力將使心靈疲憊不堪，因此詩文中「用勢」並非常道，「一張一弛」才是詩文技巧之常。然而一張一弛雖然能窮盡情感之變化，變化至極不過是彰顯此生命之浮沉，倘若情感超越了生命浮沉，感物之際，便不再是氣脈賁張，而是「中和以雅」。「中和以雅」不是無喜無怒無哀無樂，而是喜怒哀樂「發而不傷」。這種情感化入詩文既不刻意粧飾，也不窮形盡相；既不噴薄而出，也不翻轉作勢。由巧返拙，王昌齡稱之爲「用神」。此「用」與用事、用字乃至用勢之「用」不同，五用之「用」則純是「利用」（《老子》第十一章「有之以爲利，無以之爲用。」），用神之「用」是「無用之用」（《莊子·人間世》篇）。依之，王昌齡不列入五用之內。因此，王昌齡舉了《古詩十九首》之一：

盈盈一水間，脈脈不得語。

此詩既未見刻意粧點，也沒有窮形盡相；既不噴薄而出，也無翻轉作勢，卻不能說此詩無情。這種情感不落方隅，卻洋溢四處，所以稱「神」。〔註31〕無怪乎明・陸時雍說此二句：「追情妙繪，絕不費思一點。」（《詩鏡總論》）〔註32〕《論文意》也說：

> 自古文章，起於無作，興於自然，感激而成，都無飾練，
>
> 發言以當，應物便是。

這就是用神的最佳詮釋。因此，用神也可說是用意，而用「意」指「無意之意」。

一言以蔽之，王昌齡認為詩意最高表現為「傳神」，是一種直接而立即的「當下之美」（「應物便是」），它萌生自「一個獨一的瞬間，而並不要對這一創造性的瞬間之外有所洞悉」，即須在「一暫之中發現永恆」。〔註33〕然而如此高層次的詩意呈現，是超越表象與現實而屬於理想層面，並非人人能捕捉其內在的神髓，於是王昌齡不得不退而求其次，多在「勢」上斟酌立規。

貳、生　勢

如何生勢？意如何組合始能生勢？在「詩意組織」。詩意涵攝形象意義（情）與抽象意義（志），它化入文辭而生勢。關於生勢，王

〔註31〕「神」的概念，可以簡單如物之「精髓」或「特質」，也可以神秘如自然之「神靈」。它的複雜與多變是可理解的，因它指的是指抒情經驗中的不可捉摸的性質，原本不可能用日常語言傳達出來，但對體驗到它的人來說，卻是極動人與清晰的。此即在藝術中獲得最理想狀態的美。在每一文化中，美的觀念都是難以分析，而有某些神秘含意的。以上概念，見高友工著、劉翔飛譯，〈律詩的美典（上）〉，《中外文學》，第十八卷，第 2 期（1989 年 7 月號），頁 30～31。

〔註32〕轉引自張清鐘，《古詩十九彙說賞析與研究》（台北：台灣商務印書館，1988 年 10 月），頁 68。

〔註33〕見卡西勒（Ernst Cassirer）著、關子尹譯，《人文科學的邏輯》（《Zur Logikder Kulturwissenschaften: Eunf Studien》）（台北：聯經出版事業公司，1989 年 5 月），頁 46。

昌齡特重在整首詩的落句、起首與中段三部分，《詩格・落句體》所討論的例子屬結尾落句部分；《詩格・起首入興體》爲開頭部分；《詩格・常用體》、《詩格・詩有語勢》及《詩格・勢對例》則是中段部分。茲分述如下：

一、落句體

《詩格・落句體》中，依前人詩例將落句的內容分爲七類：「言志」、「勸勉」、「引古」、「含思」、「歎美」、「抱比」、「怨調」。心靈活動中，志意與情感作用兼而有之。志意非無感情，只是偏重志意而已；情感非無志意，只是偏重情懷而已。依此，可將七種主題大體分爲兩類：「志意」與「情感」。前者有言志、勸勉、歎美與抱比。「言志」如陶淵明〈辛丑歲七月赴假還江陵夜行塗口〉詩：

養眞衡第下，庶以善自名。(「此志在閒雅也」)(引號內評語爲王昌齡語)

又范彥龍〈古意贈王中書〉詩：

豈知鷦鷯者，一粒有餘貲。(「此志在知足也」)

「勸勉」如《古詩十九首》之一：

棄捐勿復道，勉力加餐飯。(「此義取自保愛也」)

「歎美」如謝靈運〈擬魏太子鄴中集詩〉之一：

自從食萍來，唯見今日美。

「抱比」如陸士衡〈赴洛〉詩：

仰視陵霄鳥，羨爾歸飛翼。

皆爲個人反省物境之後的知解志意。

「情感」部分則有引古、含思與怨調。「引古」如陸士衡〈吳王郎中時從梁陳作〉詩：

感物多遠念，慷慨懷古人。

感物懷古，實獲我心。「含思」如陸韓卿〈奉答內兄希叔〉詩：

惜哉時不與，日暮無輕舟。

又陳拾遺〈西還至散關答喬補闕知之〉詩：

蜀門自茲始，雲山方浩然。

落句之所以能生勢之理由，王昌齡在《論文意》中說：

> 落句須令思常如未盡始好。如陳子昂詩落句云：「蜀門自茲
> 始，雲山方浩然」是也。

又《十七勢‧含思落句勢》云：

> 含思落句勢者，每至落句，常須含思；不得令語盡思窮；
> 或深意堪愁，不可具說。即上句爲意語，下句以一景物堪
> 愁，與深意相愜便道。仍須意出成感人始好。昌齡〈送別〉
> 詩云：「醉後不能語，鄉山雨雰雰」，又落句云：「月夕辨靈
> 藥，空山松桂香」，又「墟落有懷縣，長煙溪樹邊」；又李
> 湛詩云：「此心復何已，新月清江長」。

從王昌齡所引詩例來看，落句上句總是寫情志，下句則寫景物。何以
如此構句便能含思不盡？此實與文學的認識心理有關。由於上句寫情
志，其意義是可辨知的，下句寫景物，其意義便轉爲模糊，但在感受
上卻鮮明無比。正因意義模糊，不易辨知，於是牽引心理去尋索，但
尋繹到的卻是美感，是有意義（即可理解）的美感。這種美感不像概
念或思想的理解，一知便了，它牽引人不斷尋覓，所以說「含思常如
未盡」。

至於「怨調」，王昌齡以陸士衡〈擬古詩〉之一：

> 空房來悲風，中夜起歎息。

下句雖然不是寫景，其認識心理依然是感受的，而不是辨知的，所以
也能感傷含思不盡。含思不盡是從心理上說的，而能引起內心含思不
盡的，就是那詩句中的「勢」了。

王昌齡除了在一首詩的落句談勢之外，又特別重視起首生勢。

二、入興體

起首生勢的方法便是「比興」。《十七勢‧比興入作勢》說：

> 比興入作勢者，遇物如本立文之意，便直樹兩三句物，然
> 後以本意入作比興是也。昌齡〈贈李侍御〉詩云：「青冥孤
> 雲去，終當暮歸山；志士杖苦節，何時見龍顏？」又云：「眇

默客子魂，倏鑠川上暉；還雲慘知暮，九月仍未歸。」又：
「遷客又相送，風悲蟬更號。」又崔曙詩云：「夜臺一閉無
時盡，逝水東流何處還。」又鮑照詩云：「鹿鳴思深草，蟬
鳴隱高枝；心自有所疑，傍人那得知。」

「比興」雖也寫物，然其目的不只在表現物態之美，尤以「立意」爲
要，即比興之物態與詩人之立意有密切關係。所以王昌齡說：「（起首
入興）十四體皆本意極處」。

吾人面對新的物態時，注意力便被喚起，而發現其與吾人以往的
經驗有類似之處。觀物如此，賞文亦然。於是借「興」的烘托，喚起
美感經驗，使它飛揚於想像中。﹝註34﹞因此，所謂「入興」即指由甲
事物之觸發而烘托出所欲寫之乙事物，此種感發大多由感性直覺的觸
引（見物起興），而不必有理性的思索安排。﹝註35﹞至於種種景物的
組合方式有所出入，實爲詩人心理活動不同所致。﹝註36﹞於是王昌齡
根據不同的心理活動區分爲十四種，但所舉詩例僅十二項。這十四種
方式是：「感時入興」、「引古入興」（缺詩）、「犯勢入興」（缺詩）、「先
衣帶後敘事入興」、「先敘事後衣帶入興」、「敘事入興」、「直入比興」、
「直入興」、「託興入興」、「把情入興」、「把聲入興」、「景物入興」、「景
物兼意入興」、「怨調入興」。

既然「入興」旨在引發情志，則引發情志的方法因感觸有別而不
同。大體而言，可將這十四種化約爲「直抒情感」、「藉景」和「藉事」
三種，每一種又有若干變化。

直抒情感以入興的方式，王昌齡稱之爲「把情入興」。如劉公幹

﹝註34﹞見吳光明，〈中國哲學中的共相問題〉，《台大哲學評論》，第14期（1991
年元月），頁5～6。
﹝註35﹞關於「興」的說法，見葉師嘉瑩，〈中國古典詩歌中形象與情意之關
係例說──從形象與情意之關係看「賦、比、興」之說〉，《迦陵談
詩二集》（台北：東大圖書股份有限公司，1985年2月），頁120。
﹝註36﹞見蔡宗齊，〈《詩經》與《古詩十九首》：從比興的演變來看它們內在
的聯係〉，《中外文學》，第十七卷，第11期（1989年4月號），頁
128。

〈贈五官中郎將〉詩：
> 秋日多悲懷，感慨以長嘆。

又江文通〈雜體詩〉之一：
> 遠與君別者，乃在雁門關。（「此寄人、懷人，皆自此起興」）

感慨、長歎、悲懷、遠別，咸爲情感直露之辭。又「怨調入興」也是直抒情感的方式。如阮籍〈詠懷詩〉之一：
> 獨坐空堂上，誰可與歡者？

曹植〈贈王粲〉詩：
> 端坐苦愁思，攬衣起西遊。（「此體哀而不傷也」）

空堂、獨坐、愁思，皆傷喟哀愁之情。

　　藉景入興的方式因吾人對景物注意的焦點不同，而分三類：一是因歲月時節而激起情志者，如「感時入興」；二是因景中之特異聲響而引發情志者，如「把聲入興」；三是因景中之物態而觸動情志者，如「直入比興」、「景物入興」、「景物兼意入興」等。

　　王昌齡引「感時入興」詩例說《古詩十九首》之一：
> 凜凜歲云暮，螻蛄多鳴悲；涼風率以厲，遊子寒無衣。

與江文通〈休上人——別怨〉詩：
> 西北秋風起，楚客心悠哉；日暮碧雲合，佳人殊未來。

皆三句感時，一句敘述。時值歲竟，螻蛄悲鳴，凄厲涼風，襯托出遊子的無依無靠；秋歲日暮時分，風起西北，碧雲攢簇，楚客根觸，乃因佳人未至。時間固然無情，人卻有情，不免感時而歎。

　　吾人諦聽景中之特殊聲音而勾起情志的「把聲入情」，王昌齡舉己詩：
> 淚淚三峽水，別怨流楚辭。（「此耳聞也」）

與《古詩十九首》之一：
> 白楊多悲風，蕭蕭愁殺人。（「此心聞也」）

前一首以淚淚水聲引發別怨，後一首則以蕭蕭風聲惹起悲愁，不論水聲或風聲，都是景物之引人注意者。

　　至於景中物態則隨情意而變。王昌齡敘「直入比興」時，引詩例

如左太沖〈詠史〉詩之一：

>　鬱鬱澗下松，離離山上苗；以彼徑寸莖，蔭此百尺條。（「此
>　詩頭兩句比入興也」）

與潘安仁〈河陽縣作〉詩：

>　微身輕蟬翼，弱冠忝嘉招。（「此詩一句比入興也」）

王昌齡曾說：

>　比者，各令取外物象已興事。（《六義》）

而這兩首詩都是將所欲敘寫之事物借比爲另一事物來加以敘述（以此
例彼），〔註37〕以蓊茸的松、苗與輕薄的蟬翼（外象），擬德高之人與
弱冠之齡（事）。

在敘「景物入興」時，王昌齡引詩例如：曹子建〈七哀詩〉：

>　明日照高樓，流光正徘徊。（「此詩格高，不極辭於怨曠而意自彰」）

而敘「景物兼意入興」時，引詩例如：王正長〈雜詩〉：

>　朔風動秋草，邊馬有歸心。

及古詩：

>　竹聲先知秋。

兩種入興體皆指吾人能掌握住物象最顯著的特徵（即《論文意》說的
「心通其物」）。我們在看外物時，物體有一形態（並非原貌），而且
以一種最顯著的特徵呈現眼前，觀看外物如此，欣賞文學亦然，故吾
人能直觀文學作品之特色（不論優劣）。既然如此，詩人言其觀物之
狀，只須似其景而能大致掌握其真即可。有此法則，故不須極寫修辭
便使詩「意自彰」。而「景物兼意」則強調景物部分的辭句中，滲入
情感活動，〔註38〕即詩人將情感貫注於自然景物中，而以文字表之。

其實，王昌齡對「景物兼意入興」的方法，頗爲推崇，《論文意》
說：

>　凡詩，物色兼意下爲好，若有物色，無意興，雖巧亦無處
>　用之。如「竹聲先知秋」，此名兼也。

〔註37〕同註35，頁119。
〔註38〕同註36，頁134。

> 詩有「明月下山頭，天河橫戍樓。白雲千萬里，滄江朝夕
> 流。浦沙望如雪，松風聽似秋。不覺煙霞曙，花鳥亂芳洲」，
> 並是物色，無安身處，不知何事如此也。

平敘物象，了無新意。所謂「若有物色，無意興，雖巧亦無處用之」，
即前言「用事、用字、用形」不如「用氣、用勢、用神」一義之發揮。

在藉事入興方面，事有虛實之別。大凡一事之中，其人可明指者
為實，不可明指者為虛。「直入興」詩例引陸士衡〈贈顧交阯公眞〉詩：

> 顧侯體明德，清風肅已邁。（「此入頭直敘題中之意」）

「託興入興」詩例引古辭〈飲馬長城窟行〉：

> 青青河邊草，綿綿思遠道。（「此起於毛詩國風之體」）

前一首以「明德」、「清風」直敘顧侯之德，是實事；後一首不知其人，
但知其事，是虛事。不論虛實，「入頭直敘題中之意」，王昌齡又稱為
「直把入作勢」。《十七勢‧直把入作勢》說：

> 直把入作勢者，若賦得一物，或自登山臨水，有閑情作，
> 或送別，但以題目為定：依所題目，入頭便直把是也。皆
> 有此例：昌齡〈寄驩州〉詩入頭便云：「與君遠相知，不道
> 雲海深」；又〈見譴至伊水〉詩云：「得罪由己招，本性易
> 然諾」；又〈題上人房〉詩云：「通經彼上人，無跡任勤苦」；
> 又〈送別〉詩云：「春江愁送君，蕙草生氛氳」；又〈送別〉
> 詩云：「河口餞南客，進帆清江水」；又如高適云：「鄭侯應
> 棲遑，五十頭盡白」；又如陸士衡云：「顧侯體明德，清風
> 肅已邁」。

此即現代修辭學中的「破題法」，讀者一看便明瞭，不須拐彎抹腳。至
於「托興入興」這種以虛事入興的方式，王昌齡褒之為「毛詩國風之
體」。根據《詩中密旨‧詩有六義》條：「諷者，風也，謂體一國之風
教，有王者之風，有諸侯之風」，則「托興入興」，頗有「諷諭」之意。

藉事入興方面，除了「直入興」與「託興入興」之外，又有「敘
事入興」、「先衣帶後敘事入興」和「先敘事後衣帶入興」三種。「敘
事入興」引謝靈運〈遊南亭〉詩：

時竟夕澄霽，雲歸日西馳。密林含餘情，遠峰隱半規。久
昧昏墊苦，旅館眺郊歧。(「此五句敘事，一句入興」)
與古詩：
遙聞木葉落，疑是洞庭秋。中宵起長望，正見滄海流。(「此
三句敘事，一句入興」)
此種詩例皆先敘事寫物，似乎無關主旨，但筆鋒一轉而以入興句點破
主旨，有柳暗花明，別開生面或迷途指津的作用。
　　至於「先衣帶後敘事入興」和「先敘事後衣帶入興」中的「衣帶」，
似爲崔融《唐朝新定詩體》(又見《文鏡秘府論・地卷・十體》)中的
「映帶體」。崔氏說：
映帶體者，謂以事意相愜，複而用之者是。詩曰：「露花疑
濯錦，泉月似沉珠」。此意花似錦，月似珠，自昔通規矣。
然蜀有濯錦川，漢有明珠浦，故特以爲映帶。又曰：「侵雲
躑征騎，帶月倚雕弓」。雲騎與月光是複用，此映帶之類。
又曰：「舒桃臨遠騎，垂柳映連營」。
崔融所謂「事意相愜，複而用之」意即運用兩個具有「聯想」關係的
語意。如從「錦」聯想到「蜀錦」、「濯錦川」；由「珠」聯想到「明
珠浦」；從「雲」之飄浮聯想到「騎」(去聲)之征途；由「月」之彎
鉤聯想到「弓」之彎鉤。王昌齡所引「先衣帶後敘事入興」之詩例則
有：張茂先〈情詩〉之一：
清風動帷簾，晨月燭幽房；佳人處遐遠，蘭室無容光。(「此
兩句衣帶，兩句敘事」)
與古詩：
蟬鳴空桑林，八月蕭關道。(「此一句衣帶，一句敘事」)
「先敘事後衣帶入興」詩例有：陸士衡〈赴洛道中作〉詩之一：
遠遊越山川，山川修且廣。(「此一句敘事，一句衣帶」)
與《古詩十九首》之一：
行行重行行，與君生別離。相去萬餘里，各在天一涯。道
路阻且長，會面安可知？胡馬依北風，越鳥巢南枝。」(「此

　　　　　六句敘事，兩句衣帶」）

其中「風」與「簾」；「月」與「房」；「蟬」與「桑林」；「山」與「川」；
「胡馬」與「北風」；「越鳥」與「南枝」等都具有聯想的關係，是謂
「衣帶」，是謂「複用」。當然，有聯想關係的兩個意象必須藉助動詞
（如「動」、「燭」、「依」、「巢」）或形容詞（如「修」、「廣」、「空」）
來顯現其情態之關聯。

　　詩篇不僅在起首與結尾須有勢，詩中也須生勢。王昌齡論「常用
體」就是由此著眼。

三、常用體

　　王昌齡將詩中「常用體」分爲十四種：「藏鋒體」、「曲存體」、「立
節體」、「褒貶體」、「賦體」、「問益體」、「象外語體」、「象外比體」、「理
入景體」、「景入理體」、「緊體」、「因小用大體」、「詩辨歌體」、「一四
團句體」。這十四種方式，大致就語意「組合方式」而言，語意組合
又有「敘情」與「敘理」之別。

　　在「藏鋒體」引劉休玄〈擬古〉詩之一：

　　　　堂上流塵生，庭中綠草滋。（「此不言愁而愁自見也」）

詩中「流塵生」，「綠草滋」，藉主人無心清理而暗藏愁緒。

　　「曲存體」引王仲宣「從軍行」詩之一：

　　　　朝入誰郡界，曠然銷人憂。（「此乃直敘其事而美之也」）

此詩以「銷人憂」直敘其情愁。

　　「賦體」引謝惠連〈秋懷〉詩：

　　　　皎皎天月明，奕奕河宿爛。（「此呈其秋懷之物，是賦體也」）

此詩舖敘秋夜，使讀者在感覺上產生一種眞切鮮明的感受，感物之情
油然而生。

　　「立節體」引王仲宣〈詠史詩〉：

　　　　生爲百夫雄，死爲壯士規。

劉公幹〈贈從弟〉詩之一：

　　　　風聲一何盛，松竹一何勁。

二者直以「百夫雄」與「壯士規」、風聲之盛與松竹之勁顯其節操。
肅穆之情，溢於字裏行間。

　　「褒貶體」引曹子建〈贈丁翼〉詩：

　　　大國多良材，譬海出明珠。(「此褒體也」)

劉越石〈重贈盧諶〉詩：

　　　何意百鍊鋼，化爲繞指柔。(「此貶體也」)

以海中「明珠」爲明喻，褒讚國之「良材」；以剛柔的相反對比（貶）
來暗喻情志須權變而勿執意。

　　「問答體」引陸士衡〈赴洛中道中作〉詩之一：

　　　借問子何之，世網嬰我身。

此詩一問一答，情感轉折之處已生勢了。

　　「象外語體」引謝玄暉詩：

　　　孤燈耿宵夢，清鏡悲曉髮。

此詩以孤燈、清鏡的意象寫象外之情意。

　　「象外比體」引魏文帝〈善哉行〉：

　　　高山有崖，林木有枝。憂來無方，人莫知之。

此詩以山木之有崖、有枝來反比憂來之莫知。

　　「因小用大體」引左太沖〈詠史〉詩之一：

　　　振衣千仞崗，濯足萬里流。

與謝惠連〈擣衣〉詩：

　　　裁用篋中刀，縫爲萬里衣。

作者以「衣」、「足」之小託於「千仞崗」、「萬里流」之大。以「篋中
刀」之小託於「萬里衣」之大，「直言其事，不相映帶，此實高也」
(《論文意》)。

　　「一四團句體」引謝靈運〈初發石首城〉詩：

　　　游當羅浮行，息必盧霍期。

則改以一、四句法來突顯詩意。以上所列十體都是藉語意組合來「敘
情」。

　　至於「敘理」，爲了避免空泛，王昌齡主張「理入景」或「景入

理」。「理入景體」引丘希範〈旦發魚浦潭〉詩：

　　漁潭霧未開，赤亭風已颺。

與江文通〈望荊山〉詩：

　　一聞苦寒奏，再使豔歌傷。

和顏延年〈始安郡還都與張湘州登巴陵城樓作〉詩：

　　淒矣自遠風，傷哉千里目。

「景入理體」引鮑明遠〈還都道中作〉詩：

　　侵星赴早路，畢景逐前儔。

與謝玄暉〈之宣城出新林浦向板橋〉詩：

　　天際識歸舟，雲中辨江樹。

理與景所以需要相襯的緣故，王昌齡在《十七勢·理入景勢》說：

　　理入景勢者，詩不可一向把理，皆須入景語始清味；理欲
　　入景勢，皆須引理語入一地及居處。所在便論之，其景與
　　理不相愜，理通無味。昌齡詩云：「時與醉林壑，因之墮農
　　桑。槐煙漸含夜，樓月深蒼茫。」

又《十七勢·景入理勢》說：

　　景入理勢者，詩一向言意，則不清及無味；一向言景，亦
　　無味。事須景與意相兼始好。凡景語入理語，皆須相愜，
　　當收意緊，不可正言。景語勢收之便論理語，無相管攝。
　　方今人皆不作意，慎之。昌齡詩云：「桑葉下墟落，鶗雞鳴
　　渚田。物情每衰極。吾道方淵然」。

又《論文意》說：

　　詩貴銷題目中意盡，然看當所見景物與意愜者相兼道。若
　　一向言意，詩中不妙及無味：景語若多，與意相兼不緊，
　　雖理道亦無味。

從以上引文的解釋可知：「理」針對吾人識見而言，「景」乃就吾人感
情而言。人有識無情則「不仁」，有情無識則「愚昧」，猶如《禮記·
經解》篇所云：

　　溫柔敦厚，詩教也。……絜靜精微，易教也。……故詩之
　　失，愚。……易之失，賊。……溫柔敦厚而不愚，則深於

　　　　詩者也。……絜靜精微而不賊，則深於易者也。

在人爲不仁或愚昧，在詩則「無味」。所以理與景不可缺一。但理與
景不僅須如《詩中密旨・詩有三格》之「上格」——「得趣」所言：
「謂理得其趣，詠物如合砌，爲之上也」的理與物各自得宜，更須「相
愜」才是。

　　景與理相愜稱爲「緊」，詩歌「語意綿密」亦稱爲「緊」。王昌齡
於「緊體」引范彥龍〈贈張徐州稷〉詩：

　　　　物情棄疵賤，何獨飮衡閭。

即上句言「人盡如此」，下句卻說「爾獨如彼」，語意承接綿密，故稱
作「緊」。而在《論文意》中也證明此觀點：

　　　　詩頭皆須造意，意須緊，然後縱橫變轉。如「相逢楚水寒」，
　　　　送人必言其所矣。

這樣的作法復見於「詩辨歌體」。

　　在「詩辨歌體」引陶淵明〈擬古詩〉：

　　　　佳人美清夜，達曙酣且歌。歌竟長嘆息，持此感人多。明
　　　　明雲間月，灼灼葉中花。豈無一時好，不久當如何？（「從
　　　　『明明』以下便是所歌」）

歌本樂事，竟然引出嘆息，而嘆息之意，別見於「明明」以下四句，
則歌與詩雖有別，其意則相反而相成。

　　以上談「落句體」、「起首入興體」及「常用體」，主要是從「語
意組合」來生勢。而「勢對例」、「詩有語勢」與「詩有六式」則從句
子和語詞處論如何生勢。

四、勢　對

　　「對」與吾人觀物的方式有關，物以最爲顯著完整具體而立即可
見的特點呈現吾人眼前，另外也以一種「平衡」的特徵呈現眼前。「平
衡」是指各個要素處於均衡的狀態，〔註39〕由此而顯出張力，張力即

〔註39〕關於「平衡」一義，見貝爾（Ione Bell）等著、曾雅雲譯，《藝術鑑
　　　　賞入門》（台北：雄獅圖書股份有限公司，1985 年 5 月），頁 21。

是諸「勢」之一。王昌齡《論文意》說：

> 詩有意好言眞，光今絕古，即須書之於紙；不論對與不對，
> 但用意方便，言語安穩，即用之。若語勢有對，言復安穩，
> 益當爲善。

> 凡文章不得不對，上句若安重字，雙聲、疊韻，下句亦
> 然。……故梁朝湘東王《詩評》云：「作詩不對，本是吼文，
> 不名爲詩。」

由此可見，意好言眞爲上，意好無對亦無妨，若意好能對則更佳。但彼時關於「對」則因文風尚聲律，而重視由「對」而來的聲調工穩、平衡，所以湘東王才有「作詩不對，本是吼文」之說。

王昌齡《詩格・勢對例》將「對」分爲五種：「勢對」、「疏對」、「意對」、「句對」、「偏對」，其中「偏對」無舉例，實則爲四。大體這四種「對」討論了正對、反對、依稀對、孤絕不對與意對。

王昌齡於「勢對」中，舉陸士衡〈擬古〉詩：

> 四座咸同志，羽觴不可算。

與曹子建〈贈王粲〉詩：

> 誰令君多念，遂使懷百憂。（「以『多念』對『百憂』，以『咸同
> 志』對『不可算』是也」。）

「多念」對「百憂」是「正對」。「咸同志」對「不可算」是反對。所謂「正對」即是劉勰《文心雕龍・麗辭》篇說的「事異義同」，曹詩上下句意義重疊複沓，視境未能開展。「反對」則是「理殊趣合」（同上），陸詩上下兩句能夠形成視境轉移、情感波折而意義深入的藝術效果。前句形容高朋滿座皆兄弟，曲觴流水，杯盤狼籍不可算，復嘆人生幾何？宜即時行樂，語意相反而相成，「句對」亦屬「反對」。詩例舉曹子建〈七哀詩〉：

> 浮沉各異勢，會合何時諧。

「浮沉」與「會合」，「異勢」與「時諧」，語意相反而相成。

「依稀對」的詩例舉陸士衡〈赴洛道中作〉詩：

> 哀風中夜流，孤獸哽我前。

在《論文意》中提到：

> 夫語對者，不可以虛無而對實象。若用草與色爲對，即虛
> 無之類是也。

因此，「哀風」與「孤獸」對正是虛與實對，故疏稀。至於所謂「孤絕不對」之詩，舉陸士衡〈擬古〉詩：

> 人生無幾何，何樂常苦宴。

似《文鏡秘府論・東卷・二十九種對》之「鄰近對」：

> 詩曰：「死生今忽異，歡娛竟不同」。又曰：「寒雲輕重色，
> 秋水去來波。」上是義，下是正名。

意謂上下句意須相承，不可孤絕。其實，上下句只要語意相承即可，若能文辭相承則更佳。「意對」即討論此意。

「意對」詩例舉陸士衡〈擬古〉詩：

> 驚飆褰友信，歸雲難寄音。

與古詩：

> 四顧何茫茫，東風搖百草。

「友信」與「寄音」，「茫茫」與「百草」，文辭相仿，語意相因。《文鏡秘府論・東卷・二十九種對》之「意對」說：「事意相因，文理無爽，故曰意對。」正是此意。

其實，字句斟酌可生勢，不論正對與反對，皆與吾人觀物方式有關，相連的境象迫使心靈必須尋繹物我意義上的連續而形成「知覺概念」，而「對偶」之所以能使人產生美感，正是由於它在兩句詩中形成的力量的「平衡」。這樣的平衡可說是一種「知覺判斷」的結果。

關於不屬「勢對」的詩句，王昌齡用「語勢」與「六式」來討論。「語勢」是從詞意轉折熟爛與否論詩語。「六式」則從詞意自然與否論詩語。

五、語　勢

「詩有語勢」者三：好勢、通勢、爛勢。「通勢」即「意通」，「意通」即詞意相承妥貼。《十七勢・下句拂上句勢》說：

下句拂上句勢者，上句說意不快，以下句勢拂之，令意通。
古詩云：「夜聞木葉落，疑是洞庭秋。」昌齡云：「微雨隨雲收，濛濛傍山去。」又云：「海鶴時獨飛，永然滄洲意。」

《論文意》也說：

詩有上句言物色，下句更重拂之體。如「夜聞木葉落，疑是洞庭秋」，「曠野饒悲風，颼颼黃蒿草」，是其例也。

所引詩例中，「夜聞」、「微雨」、「海鶴」等句皆「說意不快」；「疑是」、「濛濛」、「永然」等句則承上句之意，所以說「令意通」。「疑是」句因上句「落」字而生勢，「濛濛」句因上句「收」字而生勢，而「永然」句則因「飛」字而生勢，詞意相承而妥貼。至於「通勢」所舉鮑明遠〈還都道中作〉詩：

未曾違戶庭，安能千里遊？

與沈休文〈新安江水至清淺深見底貽京邑遊好〉詩：

願以潺湲沫，沾君纓上塵。

兩首詩亦然。

倘若詞意相承勉強，則不免敷衍。「爛勢」舉張宴公詩：

不作邊城將，安知恩遇深？

與丘希範〈旦發魚浦潭〉詩：

信是永幽棲，豈圖暫清曠？

「不作」與「安知」，「信是」與「豈圖」就是敷衍，王昌齡稱為「古語及今爛字舊意」（《論文意》）。

至於「好勢」則指詞意相承自然，無雕削之痕，其所舉詩例有：
《古詩十九首》之一：

浮雲蔽白日，遊子不顧返。

與江文通〈雜體詩〉：

黃雲蔽千里，遊子何時還？

兩詩同喻「讒邪害公正」之意，表面只述遊子不返之事實，然底層意義寓涵深遠的內容，遊子因有「蔽」而不顧返，兩句語意綿密、自然。

「好勢」只是空泛地說，具體言之，則王昌齡稱為「六式」。

「六式」指：「淵雅」、「不難」、「不辛苦」、「飽腹」、「用事」、「一管搏意」。文辭以「自然」為指歸，「六式」則是達到自然的六種方式。王昌齡說：「淵雅」與「浮淺」相反：「詩有一覽意窮，謂之浮淺。」阮嗣宗〈詠懷〉詩：「中夜不能寐，起坐彈鳴琴。」（此「淵雅」一條下所引之語），《論文意》說：

> 詩有「高臺多悲風，朝日照北林」，則曹子建之興也。阮公《詠懷》詩曰：「中夜不能寐（謂時暗也），起坐彈鳴琴（憂來彈琴以自娛也）。薄帷鑒明月（言小人在位，君子在野，蔽君猶如已，薄帷中映明月之光），清風吹我襟（獨有其日月以清懷也）。孤鴻號外野，翔鳥鳴北林（近小人也）。」

則「淵雅」實指詩有含蓄不盡之意。

「不難」王仲宣〈從軍行〉詩：

> 朝入譙郡界，曠然銷人憂。（「此謂絕斤斧之痕也」）

「不辛苦」引王仲宣〈從軍行〉詩：

> 逍遙河堤上，左右望我軍。（「此謂宛而成章也」）

二者皆指詩意相承自然。《論文意》說：

> 凡文章皆不難、不辛苦。如《文選》詩云：「朝入譙郡界」、「左右望我軍」，皆如此例，不難，不辛苦也。

《調聲》也說：

> 語不用合帖，須直道天真，宛媚為上。
>
> 作詩不得辛苦，須整理其道格。格，意也。意高為之格高，意下為之下格。

「曠然銷人憂」由上句「入」字生出，「左右望我軍」由上句「逍遙」生出，不在字句上雕琢，所以說不難，不辛苦。

至於「飽腹」指「調怨閑雅，意思縱橫。」如謝靈運〈石壁精舍還湖中作〉詩：

> 出谷日尚早，入舟陽已微。（「此回停歇意容與」）

何謂「飽腹」？《論文意》說：

> 詩有飽肚狹腹，語急言生，至極言終始，未一向耳。若謝

　　　　康樂語，飽肚意多，皆得停泊，任意縱橫。鮑照言語逼迫，
　　　　無有縱逸，故多狹腹之語。以此言之，則鮑公不如謝也。

肚在上，腹在下，「狹腹」喻詩末句乏醞藉之致，乏醞藉則不得騁其
想像，使詩意淺少。反之，則能馳其想像，所以說「容與」、「意多」
與「縱逸」。

　　「用事」謂「如己意而與事合」，如謝靈運〈廬陵王墓下作〉詩：
　　　　灑淚眺連崗。（「連崗是諸侯事也，古者諸侯葬連崗。」）

「意」與「事」合，即自然、妥貼。宋・魏慶之《詩人玉屑》卷七「用
其意，用其語」條說：「有意用事，有語用事」，則「如己意而與事合」
即「意用事」。所謂「語用事」指表達意義的用典方式，它的功能是
普遍修辭學的，「意用事」則指傳遞內心感受的用典方式。「灑淚」有
情，「連崗」是語用事，故爲「意用事」。

　　「一管摶意」引謝玄暉〈同謝諮議銅雀臺〉詩：
　　　　繐帷飄井幹，罇酒若平生。（「此一管論酒也」）
與劉公幹〈贈徐幹〉詩：
　　　　誰謂相去遠，隔此西掖垣；拘限清切禁，中情無由宣。（「此
　　　　一管說守官有限，不得相見也」）
《論文意》說：
　　　　凡詩，兩句即須團卻意，句句必須有底蓋相承，翻覆而用。
　　　　四句之中，皆須團意上道，心須斷其小大，使人事不錯。
《調聲》說：
　　　　凡四十字詩，十字一管，即生其意。頭邊二十字，一管亦
　　　　得。六十、七十、百字詩，二十字一管，即生其意。

所謂「摶意」，概即「語意完整」。「一管摶意」即兩句或四句之內，
使語意完整，以免語意錯亂。總之，不論十字或二十字，只要意義相
承，明白表達出詩意，即「上道」。

　　綜上所言，詩篇無處不可「生勢」，在首稱「入興」，在尾稱「落
句」，在中則有各種語意組合。然而「勢」在詩，溯其本則在「心」，
在心稱爲「意」，「如何立意」才是生勢的根本問題。對此，王昌齡有

「六貴」之說。

參、六　貴

「六貴」即：「貴傑起」、「貴直意」、「貴穿穴」、「貴挽打」、「貴出意」、「貴心意」。詩貴藉物言意。「六貴」中的「心意」、「出意」、「直意」都是談「意」的重要。《論文意》說：

> 凡高手，言物及意，皆不相倚傍，如「方塘涵清源，細柳夾道生」，又「方塘涵白水，中有鳧與雁」，又「綠水溢金塘」，「馬毛縮如蝟」，又「池塘生春草，園柳變鳴禽」，又「青青河畔草，鬱鬱澗底松」是其例也。

> 詩有天然物色，以五彩比之而不及。由是言之，假物不如真象，假色不如天然。如此之例，皆爲高手。如「池塘生春草，園柳變鳴禽」，如此之例，即是也。中手倚傍者，如「餘霞散成綺，澄江淨如練」，此皆假物色比象，力弱不堪也。

由於意借物而出，物因意而真，兩者相稱，詩始自然。所以說：「言物及意，不相倚傍」。若物過度依傍意則成枯；若意過度依傍物則力弱。所謂過度依傍即寫物雕削而不自然。「餘霞」二句不如「池塘」二句正爲此故。

上引詩例中，王昌齡又以劉公幹〈贈徐幹〉詩：

> 方塘涵清源，細柳夾道生。

爲「出意」。以劉公幹〈雜詩〉：

> 方塘涵白水，中有鳧與雁。

爲「直意」。此外，以顏延年〈始安郡還都與張湘州登巴陵城樓作〉詩：

> 淒矣自遠風，傷哉千里目。

爲「心意」。可見「心意」、「直意」與「出意」皆指詩意，就其本乎心而稱「心意」；就其顯明稱「出意」；就其直率自然稱「直意」。

至於「傑起」、「穿穴」與「挽打」則從詩意組織上說。「傑起」

引鮑明遠〈出自薊北門行〉詩：

> 馬步（毛）縮如蝟，角弓不可張。

《論文意》說：

> 凡詩立意，皆傑起險作，傍若無人，不須怖懼。古詩云：「古
> 暮犁爲田，松柏摧爲薪」，及「不信沙場苦，君看刀箭瘢」
> 是也。

就所引詩例而觀，「傑起」係指強烈對比；馬步應如飛，今卻縮如蝟；
角弓宜張，而今不張；古暮足以懷人，竟然犁爲田；松柏是堅貞之象，
亦摧折爲薪；沙場將士數力嘶竭，如今只餘刀箭瘢，這些都是強烈的
對比，興起無比感慨，是謂「傑起」。

而「穿穴」（「左穿右穴」）又舉《古詩十九首》之一：

> 古暮犁爲田，松柏摧爲薪。

雖與「傑起」例重覆，然可視作一例兩用。《論文意》說：

> 夫作文章，但多立意。今左穿右穴，苦心竭智，必須忘身，
> 不可拘束。
>
> 詩有傑起險作，左穿右穴。如「古暮犁爲田，松柏摧爲薪」，
> 「馬毛縮如蝟，角弓不可張」，「鑿井北陵隈，百丈不及泉」，
> 又「去時三十萬，獨自還長安；不信沙場苦，君看刀箭瘢」，
> 此爲例也。

《調聲》也說：

> 最要立文多用其意，須令左穿右穴，不可拘撿。

觀「多立意」、「多用其意」、「不可拘撿」等語，可知「左穿右穴」（「穿
穴」）即詩意之間遙相呼應，而不悖整體的連貫性。

「挽打」則有詩例，而無解說。王昌齡舉曹子建〈贈王粲〉詩：

> 端坐苦愁思，攬衣起西遊。

其義不明。

大體說來，「六貴」是在「自然」的基礎上，強調「意」的重要，
使「勢」不虛矯。「意」是情志的全幅來說，中涵感情、個性與人格，
統而言之，可稱爲「格」，所以王昌齡在《論文意》中說：「意高則格

高」。以高格而有辭采，則形成文學風格。辭采部分，王昌齡承襲南朝之說而重音律，所以說，「聲辨則律清，格律全，然後始有調。」（《論文意》）「調」在王昌齡的用語裏即風格之意，他又以「五趣向」論之。

肆、五趣向

「五趣向」即「高格」、「古雅」、「閑逸」、「幽深」與「神仙」。據王昌齡「意高則格高」之說，則「高格」是一種理想文體，無所偏至。若有偏至則落於其餘四體之一。王昌齡引「高格」詩例如：曹子建〈又贈丁儀王粲〉詩：

> 從君度函谷，驅（馳）馬過西京。

曹子建稱誦兩人令德有如「山岑高無極，涇渭揚清濁」。至於其餘四種風格並非壁壘分明，而是相互影響的，只是以其中一種風格爲主調（宛若音樂中的「主旋律」），餘則退爲背景，作用較小，不過，隨時可以易位。譬如以「高格」爲主調來形容整首詩時，並非說這首詩僅有此一風格而無其他風格，乃是相對而言，高格爲主，餘則隱而不彰。

「古雅」詩例引應德璉〈侍五官中郎將建章臺集〉詩：

> 遠行蒙霜雪，毛羽自摧頹。

應德璉意謂戢翼養晦之士，忍辱負重，良遇無期，然各敬爾儀以修身，冀求君若飲渴待賢而見用，有兼善天下，古雅之風。王國維在〈古雅之在美學上之位置〉一文中便提出「古雅」之所以爲美，乃因：

> 吾人之玩其物也無關於利害，故遂使吾人超出乎利害之範圍外，而惝恍縹緲寧靜之域。
>
> 優美之形式使人心和平，古雅之形式使人心休息。故亦可謂之低度之優美。宏壯之形式常以不可抵抗之勢力喚起人欽仰之情。古雅之形式則以不習於世俗之耳目，故而喚起一種之驚訝。驚訝者，欽仰之情之初步，故雖謂古雅爲低度之優美宏壯，亦無不可也。

「古雅」正表現出其人超然於利害之外，〔註40〕以古爲淳，視雅爲美。

〔註40〕關於王國維〈古雅之在美學上之位置〉一文，引自葉師嘉瑩，《王國

「閑逸」詩例引陶淵明〈讀山海經〉詩：

　　眾鳥欣有託，吾亦吾愛廬。

《論文意》說：

　　夫詩，一句即須見其地居處，如「孟夏草木長，繞屋樹扶
　　疏；眾鳥欣有託，吾亦愛吾廬」。若空言物色，則雖好而無
　　味，必須安立其身。

「安身」即意能融入境象之中。陶淵明以其耿介超脫，不苟流俗的人格和情志，而有「閑逸」之格。

　　「幽深」詩例如：謝靈運〈石壁精舍還湖中作〉詩：

　　昏旦變氣候，山水含清暉。

謝靈運喜山水，好風物，其山水詩大體依照：

　　記遊──寫景──興情──悟理

此一模式發展。〔註41〕此首〈石壁精舍還湖中作〉詩拈出「慮澹物自輕，意愜理無違」之理，心滿意足則不爲物役，情感無累則撫化悟覺，無入而不自得。心有幽深之思，始覺外物輕淡，這是一種「超越於社會倫理、政治關係之外，而直接與宇宙精神交感相契的眞理領悟的心靈經驗」，〔註42〕這種經驗接近莊子「獨與天地精神往來，而不傲倪於萬物」（《莊子・天下》篇）的精神。

　　「神仙」詩例引郭景純〈遊仙〉詩：

　　放情凌霄外，嚼蕊挹飛泉。

運流有代謝，人壽有時盡，故臨川而哀年邁，何不放情於凌霄外，想像己如赤松駕鴻，「搏扶搖而上者九萬里」（《莊子・逍遙遊》篇）、「上

維及其文學批評》（台北：源流出版社，1983 年 5 月），頁 158。至
於談「雅」的文章，可見王師夢鷗，〈中國藝術風格試論〉，《文藝論
談》（台北：學英文化事業有限公司，1984 年 5 月），頁 1～14。又
見高大威，〈試析傳統文學批評的雅俗觀念〉，《文學與美學》（第一
集）（台北：文史哲出版社，1990 年元月），頁 277～298。

〔註41〕見林文月，〈中國山水詩的特質〉，《山水與古典》（台北：純文學出
版社，1984 年 5 月），頁 23～61。

〔註42〕見柯慶明，〈中國古典詩的美學性格──一些類型的探討〉，《中國美
學論集》（台北：南天書局，1987 年 11 月），頁 213。

與造物者遊，下與外死生無終始者爲友」(《莊子·天下》篇)，應化適志而齊一萬物；高蹈風塵而長懷慕仙。

　　王昌齡只述五類詩歌風格，若高格不計，僅餘四者，分析雖然稍略，對風格的著眼處已異於傳統。劉勰以「文詞特色」論風格，鍾嶸以「情感類型」論風格，王昌齡則自「德操與情意」論風格，實爲皎然論「十九體」的先聲。

第三節　犯　病

　　《詩中密旨》曾提出〈詩有六病例〉及〈犯病八格〉，所謂「病」，就是前文所說的「不平衡」，然吾人爲何有「平衡」之求？乃因其使人感到愉快。當有外來的侵擾（譬如在面對一幅混亂的圖象）時，吾人的知覺（如視覺）不斷調整而選擇圖象，而賦予他們整飭有序的面向，進而使之融貫，遂能清楚地表達出一種整體的、平衡的情勢。〔註43〕《老子》第四十二章說：

　　　道生一，一生二，二生三，三生萬物。萬物負陰而抱陽，
　　　沖氣以爲和。

「道」是宇宙的本體，同時又是宇宙運動過程的整體，「生」是變化、化生之意；「和」則是和諧、平衡之意，指不相同的東西協調統一在一起，並發揮各自的作用。〔註44〕《周易·乾》卦說：「乾道變化，各正性命，保合太和，乃利貞」，《中庸》也說：「致中和，天地位焉，萬物育焉」，只有在平衡的狀態中，天地各得其所，萬物化育滋繁。故《禮記·樂記》說：

　　　大樂與天地同和，……和故百物不失。

　　　樂者，天地之和也，……和故百物皆化。

即音樂有追求和諧的傾向，這是就結果而言；若以過程來講，「音樂的

〔註43〕同註39。
〔註44〕見姜廣輝，〈中國傳統思維方式的特點〉，《孔孟學報》，第 62 期（1991年 9 月），頁 1～4。

形式就是運動的體現，由此運動又可以進而象徵時間與空間的架構」，「在時間架構中的爲『節奏』，在空間架構中的爲『圖案』」。〔註45〕「圖案」即陸機《文賦》所謂「暨音聲之迭代，若五色之相宜」，借用視覺上的色彩錯綜來比擬聽覺上的音聲鏗鏘，也宛如「蒙太奇手法」映出對稱的疊影，既和諧且富變化。「節奏」則是：

> （節奏的本質是）緊隨著前一事件完成的新事件的準備。一個按照節奏動作的人，根本不需要重覆一種單一的運動。但他的運動必然是完整形態的。只有這樣，人們才能感覺到它的開始，它的意圖和完成，並且能夠看到最後階段的情況和下一過程的準備開始。節奏是在舊緊張解除之際新緊張的建立。它們根本不需要均勻的時間，但是其產生新轉折點的起因，則必須內含於它前周期的結局中。〔註46〕

也就是說，前後節奏有所承繼，甚至後一節奏有強化前一節奏的效果，即以「平衡──強化──平衡──強化……」的模式，持續不斷的發展。從這點看來，詩歌中的對仗和音樂的節奏是息息相關的。

　　其實，詩的情趣韻味有一部分仰賴於詩與音樂之間的密切關係。詩喚起我們內在對於各種重覆節奏的基本感應。然而，詩並不只是另一種音樂的形式；詩是音樂與語言特質（包括純粹的聲音與具有意義的言說）的特殊融合。尤其特殊的是，詩乃一種表情的語言。〔註47〕能適切地表情即在心理上有一種平衡作用。人若看到不平衡的形態，往往會產生不平衡的感情，於是，便要尋求平衡的形態。依此，王昌齡提出「犯病」的例子，爲的是規定作詩時應當避免聲韻與用字的重

〔註45〕見高友工，〈中國語言文字對詩歌的影響〉，《中外文學》，第十八卷，第 5 期（1989 年 10 月號），頁 30，引朱克坎（Victor Zunker Kandl）著《人中的音樂家》一書所言。

〔註46〕「節奏」一義，見蘇珊・朗格（Susanne K. Langer）著、劉大基等譯，《情感與形式》（《Feeling and Form》）（台北：商鼎文化出版社，1991年 10 月），頁 146。

〔註47〕見蔡英俊，〈《詩歌鑑賞方法論》導言〉，《國文天地》，第二卷，第三期（1986 年 8 月號），頁 47。

覆雷同，以免有不平衡之感覺而讀來扞格不通。

《詩中密旨》之「詩有六病例」與「犯病八格」同講「病」的問題，大抵分爲「聲病」與「詞病」。「聲病」中有「齟齬病」，王昌齡說：「一句除第一字及第五字，其中三字同上聲及去入聲」，三字同音讀來齟齬不安；而「對聲病」，王昌齡說：「字義全別，借聲類對，詩曰：『疏襌高柳谷，桂鳥隱松深。』」，即不管上下句字義，只以聲類對，這樣忽略作詩「立意」的宗旨而趨於小道。

至於「詞病」，可分爲五種：

一爲「句中」犯病：「長擷腰病」，王昌齡說：「每一句上下兩字之要，無解鐙相間。上官儀詩：『曙色隨行漏，早吹入繁笳。』」；「長解鐙病」，王昌齡說：「第一、第二字義相連；第三、第四字義相連。上官儀詩：『池牖風月清，閑居遊客情。』」二者指不可以一字或二字截斷語意。

二爲「意象重覆」犯病，指上下句意義（象）只侷限於同一情況，單調複沓，讀來有倦怠之病。如「叢雜病」，王昌齡說：「上句有雲，下句有霞；次句有風，下句有月。如沈休文詩：『寒瓜方臥襲，秋菰正滿陂；紫茄紛爛熳，綠芋鬱參差。』」，『瓜』、『菰』、『茄』、『芋』同是草類」。又「叢木病」，王昌齡說：「詩句中皆有木物也」如詩：

　　庭稍桂林樹，簷度蒼梧雲。

又「落節病」，王昌齡說：「一篇之中，合春秋言，是犯。」如詩：

　　菊花好泛酒，樓花好插頭。

同言節令。又「相重病」，王昌齡說：「詩意并物色，重疊也。」如詩：

　　驅馬清渭濱，飛鑣犯夕塵；川波增遠益，山月下重輪。

上已有「驅馬」，下又言「飛鑣」，同言一事。總之，意象重覆，猶如駢拇枝指。

三爲「事物」犯病：「支離病」，王昌齡指「五字之法，切須對也，不可偏枯。詩曰：『春人對春酒，芳樹間新花。』」《論文意》說：「若上句偏安，下句不安，即名爲離支」，下句不平衡之因。乃上下句不

對，「春」與「芳」不同爲季節，故不安。「缺偶病」是「虛實對」，指「上句引事，下句空言也。」如詩：

　　　蘇秦時刺股，勤學我便登。

蘇秦與勤學對是實與虛對，《論文意》說：「若上句用事，下句不用事，名爲缺偶。」又「夫語對者，不可以虛無而對實象。若用草與色爲對，即虛無之類是也。」正是此意。「相返病」指「詩中兩句相反，失其理也。」如詩：

　　　晴雲開遠野，積霧掩長洲。

既言「晴雲」，不宜再言「積霧」，理違。「形跡病」則指「篇中勝句清詞，其意涉忌諱」，理亦違。

　　四爲「字形」犯病：「側對病」指「凡詩字體全別，其義相背。」如詩：

　　　恆山分羽翼，荊樹折枝條。

其義不明。

　　五爲「語意」犯病：「反語病」指「篇中正字是佳詞，反語則深累。」如鮑明遠詩：

　　　伐鼓早通晨。

「伐鼓則正字，反語則反字」。文能通意，即爲正字，反語則深累艱澀而不解。

　　總之，詩以言志，字聲、字形在詩中僅有輔助作用，若拘忌過甚，則反賓爲主，窒情塞意，反而失去詩的本旨。因此詩病固然有，卻不能流於苛碎。王昌齡詩論以六朝詩爲基礎，自然不免受時代風氣影響而講究過甚。

第三章　詩論淵源

王昌齡詩論以「立意」與「生勢」爲主,並由此溯其所以然之故且樹立詩歌品第。這些論題都前有所承,而能踵事增華,益趨縝密。今依次論其源流。

第一節　立　意

陸機《文賦》說:「遵四時以歎逝,瞻萬物而思紛;悲落葉於勁秋,喜柔條於芳春。」春秋迭代,萬物盛衰,人歎其逝,而思慮紛綸。人生起伏,悲喜莫常。吾人因物而感,由感生意。意則生於心物相劘相切之際。物能引心,心能化物。心若無物觸發,則空茫;物若無心轉化,則寂然。然陸機恆患「意不稱物,文不逮意」(《文賦》),「意不稱物」指文思蹇礙,既有此困難,如何使思緒流通?進一步如何順利明確地表達文字?他從學養、感性、信念、想像與思考等五方面著眼。〔註1〕

陸機《文賦》說:「佇中區以玄覽,頤情志於典墳。」意謂自身修養與所學(文化知識)蓄積胸中,偶有機遇,睹物而觸動吾人感情,復念及今之遭遇,遂生情志,「志眇眇而臨雲」(同上),情志趨於深

〔註 1〕見王師金凌,《中國文學理論史——六朝篇》(台北:華正書局,1988年 4 月),頁 132～136。

邃而生信念。

既有學養、感性及信念之動力，吾人便可發揮想像力，而後縮攝於當下，條貫思緒。《文賦》說：「其始也，皆收視反聽，耽思傍訊，精鶩八極，心遊萬仞。」想像前必須沈思蘊釀，虛壹而靜，將腦中諸多蕭散紊亂的意念停頓下來，集中意識專注於己所欲寫之題材，而後想至天淵安流之上，下泉潛浸之所。逐漸就緒後，「罄澄心以凝思，眇眾慮而爲言；籠天地於形內，挫萬物於筆端。」（同上），再細密地分析其內在關聯，經過裁擇，諸「意」始能聯結，遂能訴於筆端。

劉勰論立意，見於《文心雕龍‧情采》篇之「立文之道」得其梗概。他說：

> 立文之道，其理有三：一曰形文，五色是也；二曰聲文，五音是也；三曰情文，五性是也。五色雜而成黼黻，五音比而成韶夏，五性發而爲辭章，神理之數也。

五色具采，五音成樂，五性居心，三者合一，始能「思合而自逢」（〈隱秀〉篇），假數辭以得神筆。「五性」是情志的代稱，文采以此爲本。〈徵聖〉篇說：「志足而言文，情信而辭巧，乃含章之玉牒，秉文之金科矣。」「情信」即心誠，情感眞摯；「志足」爲智明，識見殷實。情志信足，始能摛翰，故〈情采〉篇復言：

> 夫鉛黛所以飾容，而盼倩生於淑姿；文采所以飾言，而辯麗本於情性。故情者，文之經；辭者，理之緯。經正而後緯成，理定而後辭暢，此立文之本源也。

〈附會〉篇也說：

> 夫才童學文，宜正體製，必以情志爲神明，事義爲骨髓，辭采爲肌膚，宮商爲聲氣，然後品藻玄黃，摛振金玉，獻可替否，以裁厥中。

「情志」爲詩之本，然須有文采搭配，始成作品。劉勰認爲文采切勿「華實過乎淫侈」，務必「文質附乎性情」而得其「正」。如何「正」？「要約而寫眞」，忌「淫麗而煩濫」（俱見〈情采〉篇）。〈論說〉篇云：「要約明暢，可爲式矣。」〈議對〉篇也說：「總要以約文，事切而情

舉。」「約」即陸機《文賦》所言:「立片言而居要,乃一篇之警策;雖眾辭之有條,必待茲而效績。」文辭須條理整飭,綱目鮮明,也就是〈宗經〉篇中「體有六義」之一:「體約而不蕪。」至於「寫眞」則指描寫眞實的內容,「眞」即〈辨騷〉篇:「酌奇而不失其眞」,〈夸飾〉篇:「壯辭可得喻其眞」。既有得宜的文采,符應於情志,則可「文質彬彬」。〔註2〕

　　鍾嶸說詩有「滋味」,如何有滋味,即如何「立意」?酌用三義(興、比、賦),「幹之以風力,潤之以丹采」。《詩品·序》說:

> 詩有三義焉:一曰興,二曰比,三曰賦。文已盡而意有餘,興也;因物喻志,比也;直書其事,寓言寫物,賦也。弘斯三義,酌而用之,幹之以風力,潤之以丹采,使味之者無極,聞之者動心,是詩之至也。

詩之本質是「吟詠情性」,情由心發,發而動,動而有力,「風力」即指「由心靈中感發而出的力量」,因此,詩便是「心物相感應之下的發自性情的產物」。〔註3〕再透過「興比賦」三種表現技巧的斟酌裁量與精切、美飾的「丹采」文辭的運用,適切地表達此一心靈,使作者獨特的情感和生命的特質鮮明具體地呈現於內容之中,冀能臻於「使味之者無極,聞之者動心」的「詩之至」——一種「美感情趣與價值之統一完美的藝術境界」。〔註4〕

　　王昌齡認爲如何構成「意」?從其《詩格》之「詩有六式」與「詩有六貴」得知。綜合兩者所言:詩本乎心,思緒須縱橫變轉,意潤心遠,盡求題旨明晰;文辭務直寫自然眞象,詞義詳切,內容豐贍,使

〔註2〕 以「文」與「質」作爲文字技巧的評估標準的問題,可見顏崑陽,〈論魏晉南北朝文質觀念及其所衍生諸問題〉,《古典文學》(第九集)(台北:台灣學生書局,1987年4月),頁63~78。

〔註3〕 關於「詩之本質」一義,見葉師嘉瑩,〈鍾嶸詩品評詩之理論標準及其實踐〉,《迦陵談詩二集》(台北:東大圖書股份有限公司,1985年2月),頁6。

〔註4〕 見李正治,〈興義轉向的關鍵——鍾嶸對「興」的新解〉,《中外文學》,第二十卷,第七期(1991年12月號),頁76。

人讀來不艱澀困難、詰屈聲牙，而是平易近人，一讀便知，更能會心而有餘味。

　　大體而言，陸機感於「意不稱物」，而著重想像與思考。劉勰鍼砭當時文風，而強調情志之眞。鍾嶸自讀詩著眼，而求詩意蘊藉而有滋味。王昌齡則自作詩入手，標舉意出自然（不難、不辛苦）爲高格。對詩歌立意而言，可謂殊途同歸。所不同者在於王昌齡更進一步細論詩中孕生情意的方法——用氣、用勢、用神。

第二節　生　勢

　　陸機《文賦》對於生勢未嘗措意。劉勰《文心雕龍》專立〈定勢〉篇議論文勢的問題。何謂「勢」？〈定勢〉篇說：

> 夫情致異區，文變殊術，莫不因情立體，即體成勢也。勢者，乘利而爲制也。如機發矢直，澗曲湍回，自然之趣也。圓者規體，其勢也自轉；方者矩形，其勢也自安，文章體勢，如斯而已。

「勢」之得來自於心，當心主動把握境象時，所領受到的是「情」，情的顯露是一股心理能量釋放出來的結果。觀象如此，覽文亦然，則這股力量來自作品中的風格（文體），即爲勢。劉勰認爲生勢的過程是：「情」→「體」→「勢」，勢蘊藏於文體（風格）之中，是潛在的狀態。一旦心領受文體，「勢」即發揮作用。勢既蘊於體中，則體別而勢異。體由辭而見，故論「勢」也不離辭。所以〈風骨〉篇也說：

> 結言端直，則文骨成焉；意氣駿爽，則文風清焉。……故練於骨者，析辭必精；深於風者，述情必顯。捶字堅而難移，結響凝而不滯，此風骨之力也。

「力」即「勢」，而風骨之力（勢）正關聯寫作時，如何綴字組辭以節宣文氣，而能適切地表達出文體之力。〔註5〕

〔註5〕關於「文勢」問題，見王師夢鷗，〈讀文心雕龍的定勢篇〉，《傳統文學論衡》（台北：時報文化出版企業有限公司，1987年6月），頁62

鍾嶸雖未用「勢」字，其詩論也有重勢之意。《詩品·序》說：

> 詩有三義焉：一曰興，二曰比，三曰賦。文已盡而意有餘，
> 興也；因物喻志，比也；直書其事，寓言寫物，賦也。弘
> 斯三義，酌而用之，幹之以風力，潤之以丹采，使味之者
> 無極，聞之者動心，是詩之至也。

丹采蘊勢，其源則在詩人的風力（即情志），在讀者則稱爲「滋味」。
劉勰《文心雕龍·聲律》篇說：「吟詠滋味，流於字句」，顏之推《顏
氏家訓·文章》篇也說：「至於陶冶性靈，入其滋味，亦樂事也。」
足見滋味必須求之於字句，而深入覓尋性靈。在鍾嶸則稱「風力」與
「丹采」。欲顯出風力與丹采，則賴「興比賦」。藉由這三種表現技巧
的運用，恰當地表達「心靈中感發而出的力量」（風力），使作者敏銳
的情感及其特質鮮明具體地呈現於內容中而構成文體，「勢」即蘊於
其中。

　　上述研析已顯出賦比興是生勢的技巧，這和王昌齡論用勢的方法
若合符節，只是王昌齡說得更細密而已。他不僅在《十七勢》中提出
十七種生勢之法，如破題、收煞、出意之法，且於《詩格》裡歸納出
許多具體實例來說明如何造勢。譬如由詩篇之起首、中段與落句三部
分講究詞語的組合、字句的斟酌與聲律的調配，並整理出勢之好爛。
這樣的分析，足以包含王昌齡所謂用事、用字、用形及用氣的問題。

　　綜合所言，王昌齡論生勢之法，實爲南朝詩論之延續與推演，將
前人未明說之處，以唐人語言名之。

第三節　品　第

　　關於詩歌優劣品第方面，陸機《文賦》多談「作文之利害所由」，
未有月旦前人之意。劉勰所論雖然不限於詩，施之於詩，未嘗不然。
他以「因情造文」爲上，「爲文造情」是下。《文心雕龍·情采》篇說：

> 爲情者，要約而寫眞；爲文者，淫麗而煩濫，而後之作者，

採濫忽眞，遠棄風雅，近師辭賦。故體情之制日疏，逐文
之篇愈盛。故有志深軒冕，而汎詠皐壤；心纏幾務，而虛
述人外。眞宰弗存，翩其反矣。夫桃李不言而成蹊，有實
存也；男子樹蘭而不芳，無其情也。夫以草木之微，依情
待實；況乎文章，述志爲本，言與志反，文豈足徵？

爲情與爲文之別，簡要而未精密。鍾嶸則在爲情與爲文之別之外，文
辭之中又分直尋與用事，以直尋是上，用事爲下。

鍾嶸《詩品‧序》說：

至乎吟詠情性，亦何貴於用事？「思君如流水」，既是即目；
「高臺多悲風」，亦惟所見；「清晨登隴首」，羌無故實；「明
月照積雪」，詎出經史？觀古今勝語，多非補假，皆由直尋。

詩緣情而發，直寫衷懷，用事則隔一層，因此直尋爲上。

至於王昌齡，則分別在情與文中作更細密的區分。《詩格‧詩有
五用例》裡，用事、用字、用形屬於文辭之事，用氣、用勢、用神則
屬於情志之事。文辭寫物，物有形，形有全有殘，所以用形高於用字。
用字則高於難以寫物的用事。情志寄於物象，因此用形之上可論情
志。情志有粗細：用氣固然能顯情志，但是流於訐直，不似用勢有吞
吐抑物之致，所以用勢高於用氣。然而抑揚吞吐不免造作之跡，未若
用神之自然。

第四節　文體觀

「文體」是吾人對於文學作品之文辭組合及其內容意義的整體印
象，而「文體觀」則是對文體的認識。認識外物總是將外物納入自己
既有的經驗與知識中，而賦予其意義。如果外物與自己既有的經驗、
知識牴牾時，則排斥之或調整自我經驗與知識，以適應外物，使自己
與外物處於平衡的狀態。認識文體亦然。〔註6〕大致說來，陸機與劉

〔註6〕關於「文體觀」一義，見王師金凌，〈論曹丕至皎然文體觀的演變〉，
《魏晉南北朝文學與思想研討會論文集》（台北：文史哲出版社，1991

勰是「以文觀體」、「以性觀體」；鍾嶸是「以情觀體」；王昌齡則「以德觀體」。

　　魏晉人論文學是憑藉當時所熟稔的「人倫識鑒」知識。人倫識鑒的觀察方式是視人爲一整體，品評其風格（體）與活力（勢）之展現。文學批評亦然。曹丕《典論・論文》說：「文以氣爲主，氣之清濁有體，不可力強而至。」曹植〈與楊德祖書〉說：「蓋有南威之容，乃可以論其淑媛；有龍泉之利，乃可以議其斷割。劉季緒才不能逮於作者。」而陸機《文賦》也說：「辭程才以效伎，意司契而爲匠。」莫不揭櫫辭之美惡，視作者之才性而定，不可強至。這樣「以性觀體」是文體觀的基礎，「以文觀體」則是文體觀之完成。若以文辭特色論風格，曹丕《典論・論文》所說：「奏議宜雅，書論宜理，銘誄尚實，詩賦欲麗」中的「理」、「雅」、「實」與「麗」則是該文類（如奏議）結構中最顯著卓特之處所形成的風格（體）。陸機《文賦》中「詩緣情而綺靡」至「說煒曄而譎誑」所臚列的「十體」的基本精神和風格，亦承曹丕而來，至於劉勰《文心雕龍・體性》篇所謂的「八體」──典雅、遠奧、精約、顯附、繁縟、壯麗、新奇與輕靡等，亦是從文辭特色來論體。

　　鍾嶸認爲詩之本質是「吟詠情性」，詩若能酌用興比賦，幹之以風力，潤之以丹采，則可臻其至──有滋味。以此標準臧否一百二十二家詩人。其中有述及其詩淵源者，凡三十六家，分別直接或間接源出於國風、楚辭與小雅。鍾嶸評此三十六家大致從情（風力）和辭（丹采）描述。丹采方面的描述語橫跨源出國風、小雅和楚辭的詩家，如「巧似」一詞在國風有謝靈運、顏延之；於楚辭則有張協、鮑照。足見鍾嶸區分詩體不以丹采爲準。至於風力方面的描述語，則源出國風和楚辭的詩家截然昭晳，二者雖然都以怨爲主，國風一體表怨情時，含蓄溫婉，其描述語爲「悲而遠」（評古詩十九首）、「雅怨」（評曹植）、

年 8 月），頁 160。

「諷諭」（評左思）；楚辭一體則奔迸激亢，其描述語爲「愀愴」（評王粲）、「慷慨」（評郭璞）、「刺激」（評應璩）、「峻切」（評嵇康）；而小雅一體與國風接近，其描述語爲「感慨」（評阮籍），詞意更爲含蓄。由此以觀鍾嶸對詩體的分類，顯出「以情觀體」的特色

　　至於王昌齡提出的「五趣向」：高格、古雅、閑逸、幽深及神仙，已從詩人的情性或情操來區分詩體。「情操」是本於個性而受社會化濡染後所形成的人格特徵。其實，劉勰在《文心雕龍・體性》篇所說：「學有淺深，習有雅鄭」的「學」、「習」與鍾嶸《詩品・序》所說：「嘉會寄詩以親，離群托詩以怨，……故曰：『詩可以群，可以怨。』使窮賤易安，幽居靡悶，莫尚於詩矣」的「群」、「怨」，都已察覺到個性社會化的問題，只是礙於傳統觀點而隱昧不彰。至王昌齡，始推闡得更周延詳密。

　　王昌齡所謂的「五趣向」實爲四種人格特徵，其中「古雅」及「幽深」較偏於儒家剛健理智的思想，而「閑逸」與「神仙」則爲道家灑脫豪邁的風格。這些風格發爲詩文時，即顯出特殊的類型，可稱爲「德體」，故王昌齡乃「以德觀體」，只是王昌齡尚無德體之稱，至皎然立十九體，始標其目。

結 論

　　在詩意形成的過程中，王昌齡認為「心」為動源。心是思維之官，其性為「志」，志有「動性」和「向性」，心指向物，物即「境象」。境象是諸物象在連續動態中構成的。心指向境象時必生內容，此內容即王昌齡所謂的「意」。所以談到心時，必談到意。心有兩種思維方式：知覺的形象思維與智力的抽象思維，以王昌齡用語名之，即「比」與「興」。思維在時間之流中進行，其間，形象思維激起感情，抽象思維形成知識。就情感係形象思維對物象性質作用的結果而言，可說有「形象意義」；就知識係抽象思維對物象性質作用的結果而言，可說有「抽象意義」。王昌齡稱前者為「情境」，後者為「意境」。因此，「意」的內容即為形象意義與抽象意義。「意」既有此豐富意義，便可瞭解王昌齡詩論所以然之理。

　　心（意）能主動把握境象，境象能喚起情感，此情之顯露為一股心理能量釋放出來的結果，這股力量即王昌齡所說的「勢」。勢在文中，即為風格。王昌齡尤重「如何生勢」之技巧，於詩篇中「詩意組合」、「詩句對稱」與「詩語良窳」處分析。然勢之源在情志（意），有意遂使「勢」不虛矯，故王昌齡說：「意高則格高」。以用勢而有辭采固然為上，未若意出自然。由巧反拙，都無飾練，發言以當，應物便是，中和以雅，謂之自然，謂之用神。此標舉詩意之最高表現，可為王昌齡論詩鵠的之最高宗旨。

參考書目

說　明

一、排列順序以書名及篇名第一字筆劃數由少而多。上若相同者，依
　　第二字筆劃數由少而多，以此類推。書名或篇名筆劃數相同者，
　　按年代羅列。

二、凡本書徵引書名及篇名之前，以「△」符號誌之。

壹、專書（四庫全書部類臚列）

△1.　《周易今註今譯》，南懷瑾、徐芹庭註譯。台北：商務印書館，1986
　　年。

　2.　《詩經通釋》，王師靜芝著。台北：輔仁大學文學院，1981 年。

△3.　《禮記今註今譯》，王師夢鷗註譯。台北，商務印書館，1987 年。

　4.　《文史通義校注、校讎通義校注》，清・章學誠著、葉瑛校注。台
　　北：漢京文化公司，1986 年。

　5.　《新唐書》，宋・歐陽修、宋祁撰。台北：鼎文書局，1976 年。

△6.　《歷史知識的理論》，朵伊森著、胡昌智譯。台北：聯經出版公司，
　　1986 年。

△7.　《歷史與思考》，吳光明著。台北：聯經出版公司，1991 年。

△8.　《舊唐書》，後晉・劉昫撰。台北：鼎文書局，1976 年。

　9.　《新譯老子讀本》，余培林註釋。台北：三民書局，1973 年。

△10.　《新譯莊子讀本》，黃錦鋐註譯。台北：三民書局，1974 年。

△11. 《人文科學的邏輯》，卡西勒著、關子尹譯。台北：聯經出版公司，1989 年。

△12. 《二度和諧及其他》，施友忠著。台北：聯經出版公司，1976 年。

△13. 《山水與古典》，林文月著。台北：純文學出版社，1984 年。

14. 《文化、文學與美學》，龔鵬程著。台北：時報文化公司。1988 年。

△15. 《文心雕龍注釋》，梁‧劉勰著、周振甫注。台北：里仁書局，1984 年。

16. 〈文心雕龍新論〉，王更生著。台北：文史哲出版社，1991 年。

△17. 《文心雕龍綜論》，中國古典文學研究會主編。台北：學生書局，1988 年。

18. 《王昌齡詩校注》，唐‧王昌齡著、李國勝校注。台北：文史哲出版社，1973 年。

19. 《中國山水詩研究》，王國瓔著。台北：聯經出版公司，1986 年。

20. 《中國文學批評史》，羅根澤著。台北：學海出版社，1980 年。

21. 《中國文學批評史》，郭紹虞著。台北：文史哲出版社，1988 年。

22. 《中國文學批評史》，劉大杰著。台北：文匯堂，日期不詳。

23. 《中國文學批評的理論與實踐》，張雙英著。台北：國文天地雜誌社，1990 年。

24. 《中國文學理論》，劉若愚著、杜國清譯。台北：聯經出版公司，1985 年。

25. 《中國文學理論史——上古篇》，王師金凌著。台北：華正書局，1987 年。

△26. 《中國文學理論史——六朝篇》，王師金凌著。台北：華正書局，1988 年。

△27. 《中國文學理論史》，成復旺等著。北京：北京出版社，1991 年。

28. 《中國古代美學範疇》，曾祖蔭著。台北：丹青圖書公司，1987 年。

△29. 《中國古典詩歌評論集》，葉師嘉瑩著。台北：桂冠圖書公司，1991 年。

△30. 《中國美學史大綱》，葉朗著。台北：滄浪出版社，1986 年。

△31. 《中國美學思想史》，敏澤著。濟南：齊魯書社，1989 年。

△32. 《中國詞學的現代觀》，葉師嘉瑩著。台北：大安出版社，1988 年。

33. 《中國詩歌藝術研究》，袁行霈著。台北：五南圖書公司，1989年。

34. 《中國詩學》，劉若愚著、杜國清譯。台北：幼獅文化公司，1983年。

△35. 《王國維及其文學批評》，葉師嘉瑩著。台北：源流出版社，1983年。

36. 《中國歷代文學論著精選》，郭紹虞編。台北：華正書局，1984年。

37. 《六朝文論》，廖蔚卿著。台北：聯經出版公司，1985年。

38. 《六朝畫論研究》，陳傳席著。台北：學生書局，1991年。

39. 《比較詩學》，葉維廉著。台北：東大圖書公司，1988年。

40. 《文學批評的視野》，龔鵬程著。台北：大安出版社，1990年。

△41. 《比興物色與情景交融》，蔡英俊著。台北：大安出版社，1986年。

△42. 《文學概論》，王師夢鷗著。台北：藝文印書館，1982年。

43. 《文學論——文學研究方法論》，韋勒克著、王師夢鷗等譯。台北：志文出版社，1985年。

△44. 《文藝心理學》，朱光潛著。台北：開明書店，1991年。

△45. 《文鏡秘府論校注（訂補本）》，日本‧弘法大師（空海）編、王利器校注。台北：貫雅文化公司，1991年。

△46. 《文鏡秘府論探源》，王晉江著。香港：天地圖書公司，1980年。

△47. 《文藝論談》，王師夢鷗著，台北：學英文化公司，1984年。

△48. 《古典文學論探索》，王師夢鷗著。台北：正中書局，1984年。

49. 《古典文學美學論稿》，張少康著。台北：淑馨出版社，1989年。

△50. 《古詩十九首彙說賞析與研究》，張清鐘著。台北：商務印書館，1988年。

△51. 《西方美學導論》，劉昌元著。台北：聯經出版公司，1986年。

52. 《西洋哲學辭典》，布魯格編著、項退結編譯。台北：華香園出版社，1989年。

53. 《初唐詩學著述考》，王師夢鷗著。台北：商務印書館，1977年。

54. 《抒情傳統的省思與探索》，張淑香著。台北：大安出版社，1992年。

55. 《抒情傳統的政治現實》，呂正惠著。台北：大安出版社，1989年。

△56. 《李商隱詩箋釋方法論》，顏崑陽著。台北：學生書局，1991 年。

57. 《判斷力批判》，康德著、宗白華等譯。台北：滄浪出版社，1986 年。

58. 《知識論》，孫振青著。台北：五南圖書公司，1990 年。

△59. 《昭明文選》，梁・蕭統編、唐・李善注。台北：漢京文化公司，1983 年。

△60. 《迦陵談詩二集》，葉師嘉瑩著。台北：東大圖書公司，1985 年。

61. 《神與物遊——論中國傳統審美方式》，成復旺著。台北：商鼎文化出版社，1992 年。

62. 《美學》，黑格爾著、朱光潛譯。台北：里仁書局，1981 年。

△63. 《建築意向》，諾伯舒茲著、曾旭正譯。台北：胡氏圖書出版社，1990 年。

△64. 《唐代詩評中風格論之研究》，黃美鈴著。台北：文史哲出版社，1982 年。

65. 《真理與方法——哲學詮釋學的基本特徵》，伽達瑪著、吳文勇譯。台北：南方叢書出版社，1988 年。

66. 《唐詩的魅力》，高友工、梅祖麟著。上海：上海古籍出版社，1990 年。

67. 《記號詩學》，古添洪著。台北：東大圖書公司，1984 年。

68. 《哲學概論》，鄔昆如著。台北：五南圖書公司，1987 年。

69. 《現代心理學》，張春興著。台北：東華書局，1991 年。

△70. 《現代美學體系》，葉朗主編。北京：北京大學出版社，1988 年。

71. 《從浪漫主義到後代主義——文學術語新論》，蔡源煌著。台北：雅典出版社，1990 年。

△72. 《皎然詩式研究》，許清雲著。台北：文史哲出版社，1988 年。

△73. 《現象詮釋學與中西雄渾觀》，王建元著。台北：東大圖書公司，1988 年。

74. 《現象學與文學批評》，鄭樹森編。台北：東大圖書公司，1991 年。

△75. 《符號：語言與藝術》，俞建章、葉舒憲著。台北：久大文化公司，1990 年。

△76. 《理解的命運》，殷鼎著。台北：東大圖書公司，1990 年。

△77. 《情感與形式》，蘇珊・朗格著、劉大基譯。台北：商鼎文化出版社，1991 年。

△78. 《陸機文賦校釋》，楊牧著。台北：洪範書店，1985 年。

79. 《隋唐五代文學批評資料彙編》，羅聯添編。台北：成文出版社，1978 年。

△80. 《隋唐五代文學思想史》，羅宗強著。上海：上海古籍出版社，1986 年。

△81. 《詩人玉屑》，宋‧魏慶之撰。台北：商務印書館，1983 年。

△82. 《當代西方電影美學思想》，李幼蒸著。台北：時報文化公司，1991 年。

83. 《當代美學論集》。台北：丹青圖書公司，1989 年。

△84. 《傳統文學論衡》，王師夢鷗著。台北：時報文化公司，1987 年。

85. 《照隅室古典文學論集》，郭紹虞著。台北：丹青圖書公司，1985 年。

△86. 《意義》，博藍尼著、彭淮棟譯。台北：聯經出版公司，1986 年。

87. 《意義的探究——當代西方釋義學》，張汝倫著。台北：谷風出版社，1988 年。

88. 《詩論》，朱光潛著。台北：國文天地雜誌社，1990 年。

△89. 《電影藝術面面觀》，史蒂芬遜等著、劉森堯譯。台北：志文出版社，1990 年。

△90. 《詩學指南》，清‧顧龍振撰。台北：廣文書局，1970 年。

91. 《語言哲學》，黃宣範著。台北：文鶴出版公司，1983 年。

92. 《語言與文學空間》，簡政珍著。台北：漢光文化公司，1989 年。

93. 《語言與神話》，卡西勒著、于曉等譯。台北：久大文化公司，1990 年。

△94. 《維柯的《新科學》及其對中西美學的影響》，朱光潛著。香港：中文大學出版社，1984 年。

95. 《語意學——理論與實踐》，謝康基著。台北：商務印書館，1991 年。

96. 《論形象思維》，亞里斯多德等著。台北：里仁書局，1985 年。

97. 《審美心理描述》，滕守堯著。台北：漢京文化公司，1987 年。

98. 《歷史、傳釋與美學》，葉維廉著。台北：東大圖書公司，1988 年。

99. 《歷代詩話》，清‧何文煥編。台北：漢京文化公司，1983 年。

100. 《歷代詩話續編》，清‧丁福保輯。台北：木鐸出版社，1983 年。

△101. 《鍾嶸詩品箋證稿》，王叔岷著。台北：中央研究院中國文哲研究所，1992 年。

△102. 《藝術心理學》，高楠著。瀋陽：遼陽人民出版社，1988 年。

103. 《藝術原理》，柯林伍德著、王至元等譯。台北：五洲出版社，1987 年。

△104. 《藝術與視覺心理學》，安海姆著、李長俊譯。台北：雄獅圖書公司，1985 年。

△105. 《藝術與創造——藝術創作與欣賞之理論與實際》，劉思量著。台北：藝術家出版社，1989 年。

△106. 《藝術鑑賞入門》，貝爾等著、曾雅雲譯。台北：雄獅圖書公司，1985 年。

107. 《嚴羽及其詩論之研究》，黃景進著。台北：文史哲出版社，1986 年。

貳、博碩士論文、期刊與論文集單篇論著（凡收入上列專書者，不贅錄。）

1. 〈唐人論唐詩研究〉，陳坤祥著。文大中研所博士論文，1986 年。

2. 〈唐代文學批評研究〉，蔡芳定著。台北師大國研所博士論文，1990 年。

3. 〈從後設美學論先秦至魏晉儒道美學規模〉，蕭振邦著。文大哲研所博士論文，1990 年。

4. 〈論文本論釋〉，黃筱慧著。輔大哲研所博士論文，1991 年

△5. 〈王昌齡詩格之研究〉，吳鳳梅著。政大中研所碩士論文，1979 年。

△6. 〈六朝「風格論」之理論與實際探究〉，蔡英俊著。台大中研所碩士論文，1980 年。

7. 〈六朝「緣情」觀念研究〉，陳昌明著。台大中研所碩士論文，1986 年。

8. 〈初唐詩意觀念與詩語理論研究〉，陳怡蓉著。輔大中研所碩士論文，1991 年。

△9. 〈空海文鏡秘府論之研究〉，鄭阿財著。文大中研所碩士論文，1976 年。

10. 〈博謙斯基著《當代思想方法之譯述》〉，王弘五著。輔大哲研所碩士論文，1971 年。

11. 〈「興觀群怨」的美學意涵——試論孔子詩教的用心〉，謝大寧著。

《國立中正大學學報》，二卷 1 期，1991 年 10 月。

△12. 〈《詩經》與《古詩十九首》：從比興的演變來看它們的內在聯係〉，蔡宗齊著。《中外文學》，十七卷 11 期，1989 年 4 月。

△13. 〈《詩歌鑑賞方法論》導言〉，蔡英俊著。《國文天地》，二卷 3 期，1986 年 8 月。

14. 〈也談《詩經》的興〉，龍宇純著。《中國文哲研究集刊》，創刊號，1991 年 3 月。

△15. 〈王士禎七絕結句：清詩之通變〉，高友工、梅祖麟著。《中外文學》，十九卷 7 期，1990 年 12 月。

△16. 〈王昌齡之詩格〉，張修蓉著。《中華學苑》，第 20 期，1977 年 9 月。

△17. 〈王昌齡的詩歌理論〉，王運熙著。《復旦學報》（社會科學版），1989 年第 5 期。

△18. 〈王昌齡事蹟新探〉，李珍華、傅璇琮著。《古籍整理與研究》，第 5 期，1990 年 10 月。

19. 〈中國文評詮釋模式中的比喻特性〉，王建元著。《中外文學》，二十卷 2 期，1991 年 7 月。

△20. 〈中國古典詩的美學性格——一些類型的探討〉，柯慶明著。台北：南天書局出版《中國美學論集》，1987 年 11 月。

△21. 〈中國哲學中的共相問題〉，吳光明著。《臺大哲學論評》，第 14 期，1991 年 1 元月。

△22. 〈中國傳統思維方式的特點〉，姜廣輝著。《孔孟學報》，第 62 期，1991 年 9 月。

△23. 〈中國語言文字對詩歌的影響〉，高友工著。《中外文學》，十八卷 5 期，1989 年 10 月。

24. 〈文學研究的美學問題（上）：美感經驗的定義與結構〉，高友工著。《中外文學》，七卷 11 期，1979 年 4 月。

25. 〈文學研究的美學問題（下）：經驗材料的意義與解釋〉，高友工著。《中外文學》，七卷 12 期，1979 年 5 月。

26. 〈文學研究的理論基礎——試論「知」與「言」〉，高友工著。《中外文學》，七卷 7 期，1978 年 12 月。

△27. 〈打開環狀結構的秘密——審美活動中主客體關係的分析〉，許明著。台北：文史哲出版社出版《文學與美學》，1990 年元月。

28. 〈古詩中形象描寫的演變〉，劉翔飛著。《臺大中文學報》，第 3 期，1989 年 12 月。

△29. 〈再讀八大山人詩——文字性與視覺性、及詮釋的限定〉，孫康宜著。《中外文學》，二十卷 7 期，1991 年 12 月。

△30. 〈兩唐書王昌齡傳補正〉，何寄澎著。台北：文史哲出版社出版《唐代文化的研討會論文集》，1991 年 7 月。

△31. 〈律詩的美典（上）〉，高友工著。《中外文學》，十八卷 2 期，1989 年 7 月。

32. 〈律詩的美典（下）〉，高友工著。《中外文學》，十八卷 3 期，1989 年 8 月。

△33. 〈唐代意境論初探——以王昌齡、皎然、司空圖為主〉，黃景進著。台北：文史哲出版社出版《文學與美學》，第二集，1991 年 10 月。

△34. 〈從「身——心——世界」之關係論《文心雕龍・神思》篇〉，陳昌明著。台北：文史哲出版社出版《魏晉南北朝文學與思想研討會論文集》，1991 年 8 月。

35. 〈從「興」的觀點論孟子的詩教思想〉，蔣年豐著。《清華學報》，新二十卷 2 期，1990 年 12 月。

36. 〈從莊子「魚樂」論道家物我合一的藝術境界及其所關涉諸問題〉，顏崑陽著。《中外文學》，十六卷 7 期，1987 年 12 月。

△37. 皎然詩論研究，王師金凌著。高雄國立山中大學中文系所學術研討會宣讀論文，1991 年 6 月。

38. 〈試析傳統文學批評的雅俗觀念〉，高大威著。台北：文史哲出版社出版《文學與美學》，1990 年元月。

△39. 〈滄浪詩話的歷史範例〉，陳瑞山著。《中外文學》，二十卷 11 期，1992 年 4 月。

40. 〈意象〉，蔡英俊著。《國文天地》，二卷 6 期，1986 年 11 月。

41. 〈詩詞的「當下」美——論中國詩歌的抒情主流和自然境界〉，周策縱著。台北：學生書局出版《古典文學》，第七集，1985 年 8 月。

42. 〈詩歌創作過程的兩種模式——「詩緣情」與「詩言志」〉，鄭毓瑜著。《中外文學》，十一卷 9 期，1983 年 2 月。

△43. 〈試論中國藝術精神（上）〉，高友工著。《九州學刊》，二卷 2 期，1987 年冬季號。

44. 〈試論中國藝術精神（下）〉，高友工著。《九州學刊》，二卷 3 期，1988 年春季號。

45. 〈試論漢詩、唐詩、宋詩的美感特質〉，柯慶明著。第三屆「文學與美學」研討會論文初稿，1991 年 4 月。

46. 〈語言、經驗與詩的表現（上）〉，蔡英俊著。《國文天地》，二卷 4
期，1986 年 9 月。

47. 〈語言、經驗與詩的表現（下）〉，蔡英俊著。《國文天地》，二卷 5
期，1986 年 10 月。

△48. 〈賦、比、興新論〉，王念恩著。台北：學生書局出版《古典文學》，
第十一集，1990 年 12 月。

△49. 〈談王昌齡的《詩格》——一部有爭議的書〉，李珍華、傅璇琮著。
《文學遺產》，1988 年第 6 期。

50. 〈論直覺〉，姚一葦著。《藝術評論》，第二期，1990 年 10 月。

51. 〈論知覺〉，姚一葦著。《藝術評論》，第三期，1991 年 10 月。

△52. 〈論曹丕至皎然文體觀的演變〉，王師金凌著。台北：文史哲出版
社出版《魏晉南北朝文學與思想研討會論文集》，1991 年 8 月。

53. 〈論感覺〉，姚一葦著。《藝術評論》，第一期，1989 年 10 月。

△54. 〈論魏晉南北朝文質觀念及其所衍生諸問題〉，顏崑陽著。台北：
學生書局出版《古典文學》，第九集，1987 年 4 月。

△55. 〈興義轉向的關鍵——鍾嶸對「興」的新解〉，李正治著。《中外
文學》，二十卷 7 期，1991 年 12 月。

56. 〈釋江西詩社「學詩如參禪」之說：兼論宋代詩學之理論結構〉，
龔鵬程著。台北：文史哲出版社出版龔鵬程著《江西詩社宗派研
究》附錄，1983 年 10 月。

△57. 〈讀王維〈過香積寺〉〉，陳萬成著。《中外文學》，二十卷 9 期，
1992 年 2 月。

韓愈詩觀及其詩

張慧蓮 著

作者簡介

張慧蓮，民國四十二年生。民國六十四年、六十六年分別畢業於輔仁大學中文系、中文研究所。碩士論文為「韓愈詩觀及其詩」。畢業後，歷任高中、大專院校國文教師、講師、副教授。現為醒吾技術學院通識中心副教授。近作有《韓愈「奇險詩」創作因由析探》〈醒吾學報第三十五期〉、《旅遊小品文的寫作》〈醒吾學報第三十九期〉。

提　　要

在中國文學史上，韓愈是一位著名的古文家，也是一位繼往開來，為中國詩途另闢一徑的詩人。他的詩風以奇詭雄奇見長，聞名於當代及後世，可謂淵遠流長，歷久不衰。因此他的詩歌，有其值得注意與研究之處。

本論文兼顧文學的本體形與質兩部分研究。形指韓詩的字法、句法和章法；質指韓詩的內容。研究兼顧二者，得以相輔為用，以窺韓詩全貌，促進對於韓詩的了解。

研究韓詩，對於韓愈之所以產生如是內容及反映出來如是風格的作詩觀念，亦須事先做一概要說明，俾能把握韓愈真正思想的重心，以客觀立場研究，不致妄以己意，誤解韓詩。因此本論文即由韓愈的詩觀、韓詩的內容剖析、韓詩的特色三章，逐步探討韓詩。

韓愈的詩觀，可以分為韓愈對文學的基本概念、韓愈的詩論、韓愈作詩的態度、韓愈作詩的方法四節討論。韓詩的內容分為感懷寄情、託物諷諭、贈勸慰藉、摹詠景物四類討論。韓詩的特色則從文字技巧分押韻、用典、遣詞三項討論。而三章彼此亦息息相關。

目

次

第一章　緒　論

第一節　韓愈非單純詩人

在中國文學史上，韓愈是一位著名的詩人，也是一位繼往開來，爲中國詩途另闢一徑的詩人。他的詩風以奇詭雄奇見長，聞名於當代及後世，可謂淵遠流長，歷久不衰。但是韓愈並未把全副精力放在作詩方面，反而在政治上有其大大小小的功勞與治績，在古文上有其成就。例如他爲袁州刺使時，曾解決民生疾苦，保障民權。《舊唐書》本傳說：

> 初，愈至潮陽，既視事，詢吏民疾苦，皆曰：「郡西湫水有鱷魚，……。」居數日，愈往視之，令判官秦濟炮一豚一羊，投之湫水，咒之曰……咒之夕，有暴風雷起於湫中。數日，湫中盡涸，徙於舊湫西六十里。自是潮人無鱷患。〔註1〕

> 袁州之俗，男女隸於人者，踰約則沒入出錢之家。愈至，設法贖其所沒男女，歸其父母。仍削其俗法，不許隸人。〔註2〕

他又曾以行軍司馬贊助裴度平吳元濟之亂，建立政府威信。程俱〈韓文公歷官記〉說：

〔註1〕《舊唐書》卷一六〇。
〔註2〕同前註。

> 十二年秋，度討元濟，奏愈爲行軍司馬，官如故，兼御史
> 中丞，賜三品服，從度次於郾城。愈知蔡卒精銳，悉拒境
> 城中，虛請兵三千，間道擒元濟。度未及用，而李愬自文
> 城入矣。蔡平，處士柏耆以計謁愈，愈白度，使其奉書諭
> 王承宗，承宗惶恐，割二州獻班師，愈遷刑部侍郎。〔註3〕

他又曾冒險前往宣慰王廷湊，使之歸順朝廷。《舊唐書》本傳說：

> 十五年，徵爲國子祭酒，轉兵部侍郎。會鎮州殺田弘正，
> 立王廷湊，令愈往鎮州宣諭。愈旣至，集軍民，諭以逆順，
> 辭情切至，廷湊畏重之。〔註4〕

在京兆尹任上，他又整飭軍紀，安定米價。〈韓文公歷官記〉說：

> 還爲吏部侍郎，尋改京兆尹兼御史大夫，舉馬總代。六軍
> 將士皆不敢犯，相語曰：「是尚欲燒佛骨者，安可忤。」遇
> 旱，米價不敢踊。〔註5〕

而於任國子祭酒時，也振作了學術風氣。〈歷官記〉說：

> 又請國子監依六典置學生三百人，取文武三品已上，及國
> 公子孫從三品已上曾孫，補充太學館，量取常參官；八品
> 以上子弟充四門館，量取無資蔭有才業人充，如有資蔭，
> 不補。學生應舉者，禮部勿收試。又牒吏部，國子監學官，
> 非通經博涉，及進士，五經諸色登科人勿擬，新官上日，
> 必加研試，然後放上。〔註6〕

種種事蹟可見，韓愈不但是一位政治家，也是一位軍事家和教育家，
因此在兩《唐書》裏，均未列他入〈文苑傳〉或〈文學傳〉，不把他
當做一位詩人或文人看待。在仕宦同時，韓愈也以畢生精力提倡古文
運動，稱得上是一位古文大家。他的古文源自家學。叔父雲卿，是大
曆年間有名的文章家，爲人作銘文，〔註7〕韓愈得其眞傳，曾自謂「嗣

〔註3〕程俱撰〈韓文公歷官記〉，《韓文類譜》卷二，《粵雅堂叢書》十四。
〔註4〕同註1。
〔註5〕同註3。
〔註6〕同前註。
〔註7〕《韓愈文集》卷二「科斗書後記」云：「愈叔父當大曆世，文辭獨行
　　　中朝，天下之欲銘述其先人功行取信來世者，咸歸韓氏。」參考《全

爲銘文，薦道功德」；〔註8〕又在三歲而孤養於長兄韓會家的時侯，見到韓會鄙視綺豔而無道德之實的文格所作的〈文衡〉一篇，受此篇影響很大，種下以後爲古文本六經、尊皇極、斥異端、彙百家之美的思想基礎。〔註9〕《舊唐書》本傳說：

> 自魏、晉以還，爲文者多拘偶對，而經語之指歸，遷、雄之氣格，不復振起矣。故愈所爲文，務反近體，抒意立言，自成一家新語。後學之士，取爲師法。當時作者甚衆，無以過之，故世稱韓文焉。〔註10〕

可見他提倡古文的原因與成就。

　　韓愈的精力在於仕宦，在於古文，則詩可謂爲最末之餘事了。他自謂「多情懷酒伴，餘事作詩人」（〈和席八十二韻〉），以作詩爲餘事，則詩歌就成了他仕宦之暇的遣興、遊戲、應酬、寄託心情之作了，故說他不是一位單純致力於詩歌寫作的人。

第二節　韓愈熱中仕宦的原因

　　韓愈詩完全是一種仕人意識的文學。他的詩中流露出對仕宦汲汲追求的態度，而且這種汲汲追求所得到的失落感，就是引發他產生詩歌的泉源，因此對於這種熱中仕宦的心理因素，不可不事先探究清楚。

　　韓愈是個典型接受儒家思想教育的人，因此學而優則仕，仕而爲國爲民，做一番大事業，是自小根深蒂固的觀念。因此他常說：「讀書患不多，思義患不明；患足己不學，既學患不行」（〈贈別元二十八協律六首之五〉）、「我身蹈丘軻，爵位不早絀」（〈贈張籍〉），以讀書

唐文》卷四四一，韓雲卿所作古文碑銘，卽可得知韓愈古文得其眞傳。此處及以下本論文所據《韓昌黎文集》之卷頁數，係採用河洛圖書社出版之《韓昌黎集》。

〔註8〕〈科斗書後記〉，《昌黎文集》，頁55。

〔註9〕宋王銍〈韓會傳贊〉，宋魏仲舉編五百家注昌黎集附《韓文類譜》八。

〔註10〕同註1。

之目的在於仕宦。又說：「報國心皎潔，念時涕汍瀾」（〈齪齪〉），以仕宦在於報國。又說：「念昔始讀書，志欲干霸王」（〈岳陽樓別竇司直〉），想要做一番大事業。但是在養育他的長兄韓會去世之後，韓愈漸感家庭貧困，亦覺仕宦不失為解決生活之道，曾說：

> 僕始年十六、七時，未知人事，讀聖人之書，以為人之仕者皆為人耳，非有利乎己也。及年二十時，苦家貧，衣食不足，謀於所親，然後知仕之不唯為人耳。〔註11〕

又說：

> 故凡僕之汲汲於進者，其小得蓋欲以具裘葛，養窮孤；其大得蓋欲以同吾之所樂於人耳。其他可否，自計已熟，誠不待人而後知。〔註12〕

明白指出急於仕宦的原因，小部份是苦於家貧，欲養窮孤。因此他在詩中也說道：「齪齪當世士，所憂在飢寒。」（〈齪齪〉）可以想見他一生熱中仕宦，脫離不了政治生涯的原因。

第三節　韓詩的淵源

　　韓愈擅於鎔鑄百家之長而推陳出新，因此其詩的淵源，亦大致來自其廣博的學問。他自幼勤讀聖賢之書，自謂「生平企仁義，所學皆孔周」（〈赴江陵途中寄贈三學士〉），及長，則無書不讀，而有所取法。大致通諸子百家之學，約六經之旨而成文。如他說：

> 沈侵釀郁，含英咀華，作為文章，其書滿家。上規姚、姒，渾渾無涯，周誥、殷盤，佶屈聱牙；春秋謹嚴，左氏浮誇，易奇而法，詩正而葩；下逮莊、騷，太史所錄，子雲、相如，同工異曲：先生之於文，可謂閎其中而肆其外矣。〔註13〕

明白點出受《尚書》、《易經》、《詩經》、《春秋》、《左傳》、《楚辭》、《莊子》、《史記》，揚雄、相如之賦的薰陶。而由其詩文當中，尚可得知

〔註11〕〈答崔立之書〉，《昌黎文集》，頁97。
〔註12〕同前註。
〔註13〕〈進學解〉，《昌黎文集》，頁26。

他讀過《墨子》、《儀禮》、《鶡冠子》、《荀子》、《文選》等書，總之「凡自唐虞已來，編簡所存，大之為河海，高之為山嶽，明之為日月，幽之為鬼神，纖之為珠璣華實，變之為雷霆風雨，奇辭奧旨，靡不通達」，〔註14〕因此作詩免不了應用其中的典故和文字了。如馬位《秋窗隨筆》說：

> 退之古詩，造語皆根柢經傳，故讀之猶陳列商、周彝鼎，古痕斑然，令人起敬；時而火齊木難，錯落照眼，應接不暇；非徒作幽澀之語，如牛鬼蛇神也。〔註15〕

以韓詩造語大抵來自經傳，經傳文字至為古樸，一旦充塞於詩中，詩歌自然顯得古痕斑然。又李重華《貞一齋詩話》說：

> 詩家奧衍一派，開自昌黎；然昌黎全本經學。次則屈、宋、揚、馬亦雅意取裁，故得字字典雅。〔註16〕

亦以為奧衍的文字所形成的風格本自經學，典雅的文字亦來自屈宋揚馬之文。又夏敬觀《唐詩說》亦云：

> 以論其詩，上本經誥，下採西漢人之文賦。其訓詁之深厚，氣體之淵懿，皆自學來，所以能於李杜外自樹一幟，唐之詩人無其比也。〔註17〕

以韓詩除了採用經誥、漢賦中的文字外，深厚的訓詁、淵懿的氣體亦由其中而來。而且退之詩奇偶兼行，用駢字是出於司馬相如、揚雄之賦，用奇字則取法於司馬遷之文。〔註18〕此外堆砌的詞句、誇飾的筆法、壯觀的模擬，莫不受到漢賦的影響。而韓愈也必熟讀字書，才能於詩中效法漢賦使用難字的方法，而盡情使用難字。謝榛《四溟詩話》說：

> 詩賦各有體製，兩漢賦多使難字，堆垛聯綿，意思重疊，

〔註14〕〈上兵部李侍郎書〉，《昌黎文集》，頁83。

〔註15〕《清詩話》，頁830，明倫出版社。以下本論文所引《清詩話》皆據此書。

〔註16〕《清詩話》，頁932。

〔註17〕《唐詩說》，頁76，河洛圖書出版社。

〔註18〕同前註，頁77。

　　不害於大義也。〔註19〕

因此韓詩如〈南山詩〉連用五十一個或字，〈雙鳥詩〉連用不停兩鳥鳴四句，〈贈元十八詩〉連用四個何字等用法，以及古詩之長篇體製，皆效法漢賦而來。因此洪興祖批評〈南山詩〉用五十一個或字說：「此詩似〈上林〉、〈子虛賦〉，才力小者，不可到也。」〔註20〕

　　在文體方面，韓愈也善於鎔鑄百家之長，自創一格。如〈河之水〉、〈三星行〉及四言〈郾州堂詩〉，祖法《毛詩》，而雜以漢魏歌行語調；四言〈元和聖德詩〉，典雅似《毛詩》，質峭似秦碑，華潤似《文選》；〈月蝕詩〉，驚世駭俗，從〈天問〉而來；〈譴瘧鬼〉，亦類楚騷；〈送李翱〉，似〈蘇李贈答詩〉；〈齒落〉、〈晚菊〉，似淵明；〈送湖南李正字歸〉，似謝朓；雜詩及〈嗟哉董生行〉，源出太白。〔註21〕在詩句方面，韓愈也會融會經史百家和前人詩文的典故於其中，可見本論文第四章用典一節。因此方東樹說：

　　　杜韓盡讀萬卷書，其志氣以稷契周孔為心，又於古人詩文
　　　變態萬方，無不融會於胸中，而以其不世出之筆力變化出
　　　之。〔註22〕

可見韓詩除了淵源李杜的筆力、鮑謝二人的寫作技巧之外，〔註23〕大致來自其所讀諸家詩文及萬卷之書。

第四節　本論文的寫作動機與方法

　　以上三節所述為有關韓愈其人其詩的基本認識。本節再談筆者選擇這個題目的動機及論文撰寫方法。

〔註19〕《四溟詩話》卷四，《續歷代詩話》下冊，藝文印書館。
〔註20〕《韓昌黎詩繫年集釋》第四卷引，頁204，世界書局。以後論舉此書皆簡稱《繫釋》。
〔註21〕本段文字可參考台大博士論文馬楊萬運撰《中晚唐詩研究》上冊，頁55及其註。
〔註22〕《昭昧詹言》卷八，廣文書局。
〔註23〕可參考本論文第二章「韓愈的詩論」一節中所提到受諸李杜、鮑謝影響之部分。

文學的本體，可以分爲形、質兩部分。形可指它的字法、句法和章法而言；質則指它所含的內容而言。研究文學，必須二者兼重，相輔爲用，方可窺其全貌。韓詩大部分是古詩，又不太講求格律；而在字法、句法和章法方面，前人研究已頗詳盡，〔註24〕因此唯獨內容方面，似有待補充之必要。然而對於表達內容所使用的文字技巧特色，亦可兼顧一提，俾形與質能相得益彰，促進對於韓詩的了解，這是筆者選擇這個題目研究的動機。

研究韓詩對於之所以產生如是內容及其反映出來的風格之詩觀，則不可不事先作一概要說明，俾能把握韓愈眞正思想的重心，以客觀立場，研究韓詩，不致於妄以己意，誤解韓詩。因此本論文將由韓愈的詩觀、韓詩的內容剖析、韓詩的特色三章，逐步探討韓詩。

韓愈的詩觀，可以分爲韓愈對文學的基本概念、韓愈的詩論、韓愈作詩的態度、韓愈作詩的方法四節討論。其中了解他對文學的基本觀念，可以知道他對詩歌的要求；了解他的詩論，可以明白他喜好詩歌的標準；了解他作詩的態度，可以知道他宦餘作詩和作險詩的動機；了解他作詩的方法，可以知道他險怪字句產生的原因。而韓詩的內容亦可分爲感懷寄情、託物諷諭、贈勸慰藉、摹詠景物四類討論。由於是宦餘作詩，所以詩歌是韓愈寄託怨諷之情、借以奉和應酬的對象。因此由仕宦生涯探討韓愈的感懷詩；由了解當時的政治環境，探討韓愈的諷刺詩；由了解韓愈親歷仕宦之苦、熱誠交友，以及以儒家爲中心的思想，探討韓愈的贈勸慰藉詩；由了解韓愈早晚年性情、作詩觀念、技巧的差別，探討大都爲奉和而作的摹詠景物詩：應當最爲恰當。這些詩歌的內容，不違背他要求詩歌的標準；內容及文字所反映出來的奇險風格，也正符合他作險詩的動機和方法。至於韓詩在文字技巧上最大的特色，就是：押韻，無論是押險韻、用通韻，皆發前人所未發之例；其次用典，是徵引經書史傳諸子的典故於詩中，使得

〔註24〕可參考台大碩士論文吳達芸撰《韓愈生平及其詩之研究》之韓詩的繪畫性、音樂性、構築性之部分。

詩中古痕斑然，儼然有早期古詩的風格；最後遣詞，是探討韓愈在用字方面的特色，亦別具一格。此章亦與其詩觀有關。因此，三章可說息息相關，有牽一髮而動全局之勢。

　　惟以初學，疏漏之處，在所難免，尚祈博雅君子有以教之。

　　本論文得葉師慶炳指導良多，於此致最深謝意。

第二章　韓愈的詩觀

　　在談到韓愈對於詩的觀念以前，應當對其文學的基本觀念有所了解，因此第一節先敍述他對文學的基本觀念。

第一節　韓愈對文學的基本觀念

　　每一種文學的演變，到後來都造成一種流弊。而六朝文學注重形式之美發展的結果，則造成文人「沿襲剽盜」、「彩麗競繁」的風氣，作品毫無內容興寄可言。韓愈以儒家道統繼任者自居，眼見這種「綺縠紛披，宮徵靡曼」的文學狂流侵入唐朝，於是不得不挺身而出，提倡復古。藉著儒學經術的義理，充實作品的內涵。試觀他的言論：

> 性本好文學，因困厄悲愁，無所告語，遂得窮究於經傳史記百家之說，沉潛乎訓義，反復乎句讀，礱磨乎事業，而奮發乎文章。凡自唐虞以來，編簡所存，大之爲河海，高之爲山嶽，明之爲日月，幽之爲鬼神，纖之爲珠璣華實，變之爲雷霆風雨，奇辭奧旨，靡不通達。[註1]
> 沉浸醲郁，含英咀華，作爲文章，其書滿家。上規姚、姒，渾渾無涯，周誥、殷盤，佶屈聱牙；春秋謹嚴，左氏浮誇，易奇而法，詩正而葩；下逮莊、騷，太史所錄，子雲、相如，

―――――――――――――――――

〔註1〕〈上兵部李侍郎書〉，《昌黎文集》，頁83。

同工異曲；先生之於文，可謂閎其中而肆其外矣。〔註2〕

可見他所謂的文學，不外乎經史百家之學；所謂的文章，乃「含英咀華」之後所寫成的文字。前者爲學，後者爲文。又說：

讀書以爲學，纘言以爲文，非以誇多而鬥靡也。蓋學所以爲道，文所以爲理耳。苟行事得其宜，出言適其要，雖不吾面，吾將信其富於文學也。〔註3〕

文章的文，與經術的學，混合爲文學；而文學乃以載道說理爲目的，不以競鬥藻卉爲目的；重新泯滅了已建立起的文學獨立地位，而返回先秦學術與文學不分的時代。

我國的文學觀，向來是隨著儒家思想的興衰而起伏：儒家思想盛行，文學兼有學術之義；儒家思想衰微，純文學方能擺脫宗經明道的束縛，得到獨立的發展。韓愈的文學觀，是儒家的文學觀。郭紹虞說：

歷來中國一般人的文學觀，大率都本於孔子；至其本於孔子，而成爲傳統的文學觀者，則不是一般詩人的文學觀，而是文人的文學觀，不是駢文家的文學觀，而是古文家的文學觀。〔註4〕

儒家的文學觀，即是文人的文學觀，古文家的文學觀。其特色即在重視文學的內質，輕視文學的形式。韓愈反對六朝華美文學，即因其僅重視文學的外在形式，而忽略內在的大道宏旨，因此主張詩文齊六經之義理。而韓愈詩本身也做到樸質無華，內容雖不致於皆有大道宏旨，但感懷怨懟、託物諷諭、贈勸慰藉，皆意有所指，含有教或訓或陳述的意味，對六朝摘枝葉、收花卉而無關大道的辭藻與宮體之作，無疑是種反動。此外早年也鮮有發乎性情，獨抒性靈的純文學之作。因此劉大杰《中國文學發達史》云：

後來唐、宋都有文學運動，主持的是韓愈、歐陽修各大家，但他們的理論，在文學批評史上價值不高，講來講去無非

〔註2〕〈進學解〉，《昌黎文集》，頁26。

〔註3〕〈送陳秀才彤序〉，《昌黎文集》，頁152。

〔註4〕郭紹虞《中國文學批評史》上卷，頁8，明倫出版社，58年出版。

　　是幾句載道貫道的話，學術文藝老是分不開，結果是純文
　　學弄得毫無地位。〔註5〕
認爲它妨礙了純文學的發展。

　　明白韓愈的文學觀，對於韓愈要求作品內質的態度可以了解；明
白韓愈詩文的概念，則可以借文論而充分了解他的詩論。

　　文章，韓愈簡稱文，通常指古文而言：

　　僕爲文久，每自則意中以爲好，則人必以爲惡矣。小稱意，
　　人亦小怪之；大稱意，即人必大怪之也。時時應事作俗下
　　文字，下筆令人慙，及示人，則人以爲好矣。小慙者亦蒙
　　謂之小好，大慙者即必以爲大好矣。不知古文直何用於今
　　世也。〔註6〕

「應事之俗下文字」即與古文相反可知。而古文主要需以文明道，以
文爲載道之工具，所謂「文者，貫道之器也」、〔註7〕「學所以爲道，
文所以爲理也」，〔註8〕重視文章的實用價值。

　　廣義的文，有時包括詩而言，或即指詩：

　　爲此座上客，及余各能文，君詩多態度……東野動驚俗……
　　詩成使之寫……。（〈醉贈張秘書〉）

　　國朝盛文章，子昂始高蹈。（〈薦士〉）

　　李杜文章在，光焰萬丈長。（〈調張籍〉）

這種以文、文章指詩，或括詩而言的觀念，早在六朝即有，非韓愈獨
有此習，無疑是接受了孔門詩即文章的觀念，〔註9〕也可見韓愈詩文
一談的情形。

〔註5〕劉大杰《中國文學發達史》，頁865，中華書局，民國63年出版。
〔註6〕〈與馮宿論文書〉，《昌黎文集》，頁115。
〔註7〕李漢〈昌黎先生集序〉，《隋唐五代文彙》，頁434，中華叢書。
〔註8〕同註3。
〔註9〕郭紹虞《中國文學批評史》云：「大抵時人稱名：就典籍之性質言，則
　　　分爲詩、書二類；就文辭之體裁言，則別爲詩、文二類。孔門所謂詩，
　　　卽邢昺所謂文章一義；其所謂文或書，則邢昺所謂博學一義：而文學
　　　一名，又所以統攝此二種者。」故言孔門以詩指文章而言，頁12。

文與詩除了在形式上有所不同外，一較富於說理，一較富於旨趣。而韓愈不是不知道詩文的區別，卻時常泯沒二者之間的界限：喜歡以文作詩，詩中毫無旨趣；以詩作文，文中常有旨趣。〔註10〕因此時常文如其詩，詩如其文，而使人見其詩文之不分。因此探討韓愈對詩的觀念，除了明白其確爲詩論之外，尚可收取文論的部份，作爲詩論的輔助，俾可了解韓愈對詩的見解，與作詩的態度及方法。如朱子論韓文氣勢，猶舉〈南山詩〉爲例，〔註11〕韓愈詩文之一脈互通，古人早知如此，而謂「退之詩，押韻之文耳，雖健美富贍，然終不近詩」、〔註12〕「退之以文爲詩」，〔註13〕何況吾人以其論文之語之有關者，移以論其詩，應不無問題。夏敬觀先生說：

> 退之詩如其文，前之論其文者之語，即可移以論其詩。〔註14〕

正是此意。

第二節　韓愈的詩論

唐代文學批評風氣並不盛行，韓愈自然也無專門論詩之作。但是由散在他詩中的零星意見，仍可以窺見他對詩歌的愛憎和主張。郭紹虞說：

> 中國的文學批評，本多爲文學作風轉變之理論，所以承風氣者多論作法，而變風氣者則多論原理。韓愈論文頗多獨見，而論詩罕見妙諦，即由一變風氣而一承風氣故也。〔註15〕

〔註10〕見《中國文學研究》唐鉞撰〈詩與詩體〉一文云：「此君作詩如作文，作文如作詩，是確然知道詩與說的分界和詩體與散文的分界無涉的一個人。」以及其所擧之例，明倫出版社。

〔註11〕見《新亞書院學術年刊》，第十五期楊勇先生撰〈朱子論韓愈文之氣勢〉。

〔註12〕惠洪《冷齋夜話》卷二，《詩話叢刊》，頁 1628，弘道文化事業有限公司。

〔註13〕陳師道《後山詩話》，同前，頁 83。

〔註14〕《唐詩說》〈說韓愈〉，頁 75，河洛圖書出版社。

〔註15〕郭紹虞《中國文學批評史》上卷，頁 213，明倫出版社。

這段話大致是不錯的。但韓詩承李杜而下，特別繼杜詩之奇崛開拓，在中唐自成一脈，仍有其開創之處。只是古文為韓愈一生精力所繫，詩乃其「餘事」而已，故未致力於論詩。因此韓愈的詩論，只是偶而在字句之間，透露他對某種詩格的愛好而已。以下則由零散詩中的意見，看韓愈主要的詩論。

韓愈有系統的批評詩歌，只有薦士一首的部分。這首詩本為推薦孟郊而作，其中卻談到詩歌的流變，可以見其論詩之旨。如：

> 周詩三百篇，雅麗理訓誥。曾經聖人手，議論安敢到。
> 五言出漢時，蘇李首更號。東都漸瀰漫，派別百川導。
> 建安能者七，卓犖變風操。逶迤抵晉宋，氣象日凋耗。
> 中間數鮑謝，比近最清奧。齊梁及陳隋，眾作等蟬噪，
> 搜春摘花卉，沿襲傷剝盜。國朝盛文章，子昂始高蹈。
> 勃興得李杜，萬類困陵暴。後來相繼生，亦各臻閫隩。

韓愈主張「詩文齊六經」〔註16〕，自然《詩經》為詩歌取法的對象。因為《詩經》的文字雅麗，內容又含有勸美懲惡的義理，曾經過聖人的整理，已符合「宗經徵聖」、「文以明道」的條件，是不應該有任何議論的。這種論調和〈昭明太子文選序〉所謂「若夫姬公之籍，孔父之書，與日月俱懸，鬼神爭奧，孝敬之准式，人倫之師友；豈可重以芟夷，加之剪截」之儒家學者對經書的一般態度，大致相同。

「五言出漢時，蘇李首更號」，以蘇武、李陵為作五言詩之始者，這是傳統說法。如裴子野〈雕蟲論〉也說「其五言為家，則蘇李自出」，韓愈只是秉承傳統此說而已，實無何意思。不似宋代蘇軾才開始對此問題提出質疑，而晚近文學史家也多數不相信蘇李的五古之作，有了他們自己的意見。

五言詩演變到建安，曹家父子卓犖獨立，運用五言自如，盡情騁節，一變《詩經》溫柔敦厚的風格。誠如《文心雕龍·明詩篇》所說：

〔註16〕見〈題張十八所居〉，《繫釋》卷九，頁433。

「暨建安之初，五言騰踊。文帝、陳思，縱轡以騁節，王、徐、應、
劉，望路而爭驅。」韓愈說「建安能者七」，事實上七子並非全以詩
歌擅長，如此說，可能與《文心雕龍》所言一樣，只是傳統叙述而已。
韓愈對此時期詩歌，尚頗爲欣賞，謂其「卓犖變風操」。

　　建安以後，氣象就凋敝了。繼之而來的是「談玄說理」的正始
詩歌，「排偶雕琢」的太康詩歌，「消極避世」的永嘉詩歌。這些詩
歌的內容和形式，自然爲排斥佛道思想，反對僅有辭藻而無內容的
韓愈所不取。大致來說，對於魏晉這個時代的文學，韓愈頗感失望。
他曾說：

> 其下魏晉氏，鳴者不及於古，然亦未嘗絕也。就其善者，
> 其聲清以浮，其節數以急，其辭淫以哀，其志弛也肆。其
> 爲言也，亂雜而無章，將天醜其德莫之顧邪？何爲乎不鳴
> 其善鳴者也？〔註17〕

他以爲魏晉以後的文學不復古道，其所善鳴者，不過是聲清以浮，節
數以急，辭淫以哀，志弛以肆，言雜亂而無章的文學作品而已；只有
鮑謝二人「比近清奧」，稍有可取之處。「清」是指鮑謝二人的詩歌清
新多了，如徐震評釋〈南山詩〉說：

> 以韻語刻畫山水，原於屈宋。漢人作賦，舖張雕繪，益增
> 繁縟。謝靈運乃變之以五言短篇，務爲清新精麗，遂能獨
> 闢蹊徑，擅美千秋。〔註18〕

即以謝靈運五言詩歌清新精麗。而在魏晉以來浮靡柔縟的文學潮流
中，這種清新的作品就更顯得難能可貴了。至於「奧」是指二人作詩
的險奧技巧，是矯正魏晉以來堆砌沿襲之弊病的有效方法。韓愈受此
技巧影響很大，如姚薑隝說：

> 康樂詩頗多六代强造之句，其音響作澀，亦杜韓所自出。
>
> 〔註19〕

〔註17〕〈送孟東野序〉，《昌黎文集》，頁137。
〔註18〕《繫釋》卷四，頁206所引。
〔註19〕見《昭昧詹言》卷五引，廣文書局。

音響峭促，孟郊以下似之。〔註20〕

謝靈運詩「辭必窮力而追新」（〈明詩篇〉），鮑照詩「不避危仄」（《詩品》）的寫作技巧，正符合韓愈「辭必己出」的寫作原則，因此難怪他取以為法。而韓愈獨取鮑謝這點，也可說是他的卓見。因為在齊、梁時，顏延之本是與謝靈運並稱的，如《南史・顏延之傳》與鍾嶸《詩品》，皆以顏、謝並提；裴子野〈雕蟲論〉也說「爰及江左，稱彼顏謝」。韓愈卻獨看破顏延之詩實不如鮑照這點，而改以鮑謝並稱，打破了傳統的說法。因此沈德潛也說：「康樂神工默運，明遠廉儁無前，允稱二妙」，〔註21〕以劉宋詩人，唯鮑、謝二人能夠匹敵。

齊梁陳隋幾個君王，文學史上記載他們作宮體詩有名。宮體內容，不外乎描繪宮中女子艷情，而「上有所好，下必好之」，剽竊文辭，因襲題材的風氣自然就形成了。這些蟬噪大眾，學得的只是一些無關大道宏旨的草木之花卉而已，毫無價值可言，甚為韓愈所鄙視。無疑地，這個論點，韓愈是接受了裴子野、李諤等人以經史為大道，以文辭為枝葉之說的影響。〔註22〕而韓愈個人沒有一首詩是詠男女之情的，且用奇崛險怪文字形成章法的風格，未嘗不是對六朝、初唐以來的靡麗之音是一種反動。誠如韓愈自言，文學非以「誇多而鬥靡也」。

唐初，齊梁陳隋餘風未泯，陳子昂首先提倡復古。〈修竹篇序〉說：

> 文章道敝五百年矣，漢魏風骨，晉宋莫傳。……僕嘗暇時觀
> 齊梁間詩，彩麗競繁，而興寄都絕，每以永歎……。〔註23〕

他主張詩歌應力追漢魏風骨和興寄。李白也提倡復古，孟棨《本事詩》載李白論詩云：

> 梁陳以來，艷薄斯極，沈休文又尚以聲律，將復古道，非

〔註20〕見《昭昧詹言》卷六引，廣文書局。
〔註21〕《說詩晬語》卷上，《清詩話》，頁532，明倫出版社。
〔註22〕參見《兩晉南北朝文彙》裴子野〈雕蟲論〉及《隋書・李諤傳》請革文華書。
〔註23〕《陳伯玉文集》卷一，上海商務印書館。

我而誰與？〔註24〕

李白又自謂「自從建安來，綺麗不足珍」，反對六朝唯美文學。此二人復古的意見，正是韓愈復古思想的前驅。韓愈對此二人推崇至極。

李杜以下，韓愈最推崇孟郊了，曾說：

> 唐之有天下，陳子昂、蘇源明、元結、李白、杜甫、李觀，
> 皆以其所能鳴。其存而在下者，孟郊東野始以其詩鳴，其
> 高出魏、晉，不懈而及於古，其他浸淫乎漢氏矣。〔註25〕

謂孟郊詩高出魏晉，不懈而及於古，是否言過其實，值得商榷。然而由以上韓愈這段批評詩歌演變的思潮看來，韓愈完全站在復古的立場，衡量詩歌的取捨，是一種傳統文學觀者的看法，實無特別創見。至於屈原的楚辭、陶淵明的詩歌，韓愈卻絲毫未提，前人已注意到這個問題，而各有其看法，〔註26〕但筆者以爲韓愈不欣賞二人的作品與性格，是最重要的因素。如韓愈〈感春〉一首說道：

> 屈原離騷二十五，不肯餔啜糟與醨，
> 惜哉此子巧言語，不到聖處寧非癡？（四首之二）

認爲屈原離騷只是爲打動君主回心轉意，不肯罷休的巧言語，不認爲它有何大道，甚至不以其爲詩；或是受了裴子野〈雕蟲論〉以爲楚騷是不行大道，思存枝葉，而用繁華蘊藻爲俳惻芬芳文學作品之始祖的影響：對於楚騷的內容和形式均不欣賞。而如韓愈〈送王秀才序〉說：

> 及讀阮籍、陶潛詩，乃知彼雖偃蹇不欲與世接，然猶未能
> 平其心，或爲事物是非相感發，於是有託而逃焉者也。若
> 顏子操瓢與簞，曾參歌聲若出金石，彼得聖人而師之，汲

〔註24〕《唐代叢書》，頁 373～374，新興書局。

〔註25〕〈送孟東野序〉，《昌黎文集》，頁 137。

〔註26〕如程學恂《韓詩臆說》云：「取鮑謝而遺淵明，亦偶卽大概言之。」商務人人文庫，卷一，頁 6。《金陵學報》第一卷第一期，周蔭棠〈韓白論〉說：「他沒有說到楚辭，這或許因爲他的文學觀念不同，覺得楚辭中的美人香草，言情之作太多，而無關大道之詠的原故吧！他沒有提到陶淵明，這或許因爲他的修詞，講求古奧，覺得淵明的詩太平易一點罷！」吳達芸《韓愈生平及其詩之研究》，頁 102 說：「殊不知陶詩雖好，但『文體省淨，殆無長語』的詩風，是吸引不了韓愈的。」

　　汲每若不可及。其於外也固不暇，尚何麴蘗之託而昏冥之
　　逃邪？〔註27〕

似乎對於淵明逃避世俗、歸隱田園，而內心實又不平的恬淡之志，甚
不以爲然。若顏子、曾參追求聖人之道若不可及，焉有時間逃託？因
此對於不追求古道而逃避現實的淵明不欣賞，自然對陶詩也不欣賞
了。如沈德潛說「失卻陶公，性所不近也」，〔註28〕正是此意。

　　韓愈之前的詩家，除了鮑謝二人的寫作技巧影響韓愈之外，大概
就是李杜了。韓愈對李杜的才氣崇拜備至，而且極力模仿。誠如趙翼
《甌北詩話》說：

　　韓昌黎生平所心慕力追者，惟李、杜二公。〔註29〕

韓愈〈調張籍〉說：

　　伊我生其後，舉頸遙相望。夜夢多見之，晝思反微茫。徒
　　觀斧鑿痕，不矚治水航。想當施手時，巨刃磨天揚。垠崖
　　劃崩豁，乾坤擺雷硠。

認爲李杜的才氣遙不可企，難以捉摸。因此見杜詩奇崛處仍有可拓展
之餘地，於是極力學習，大作奇險古詩，繼續本已無法繼之的詩格。
如趙翼《甌北詩話》說：

　　至昌黎時，李、杜已在前，縱極力變化，終不能再闢一徑。
　　惟少陵奇險處，尚有可推擴，故一眼覰定，欲從此闢山開
　　道，自成一家。〔註30〕

由以上一段韓愈所敘詩的源流裏，不但可以發現韓愈論詩之旨與取
捨，更不難發現韓愈受了前人之影響之深遠。

　　前面說過，韓愈不是個純粹詩人或詩評家，自無論詩之作，但由
其詩可以發現，他對某種風格是特別喜好的，甚至就是他個人作詩的
態度和表現手法。如：

〔註27〕《昌黎文集》，頁151。
〔註28〕《唐詩別裁》冊二，頁7，台灣商務印書館。
〔註29〕《甌北詩話》卷三，《古今詩話叢編》，廣文書局。
〔註30〕同前註。

> 有窮者孟郊，受材實雄鷙。冥觀洞古今，象外逐幽好。
> 橫空盤硬語，妥帖力排奡。敷柔肆紆餘，奮猛卷海潦。
> 榮華肖天秀，捷疾逾響報。(〈薦士〉)

雄鷙的才氣，在虛幻之境游行，突然橫空盤起，排奡無遺，敷柔無止，
忽然又猛如卷浪，疾逾響報。此種異軍突起，天馬行空，乍行乍止的
風格，正是韓愈一向所最欣賞的。因此韓愈才說「東野動驚俗，天葩
吐奇芬」(〈醉贈張秘書〉)，予以最高的評價。又如：

> 無本於爲文，身大不及膽。吾嘗示之難，勇往無不敢。
> 蛟龍弄角牙，造次欲手攬。衆鬼囚大幽，下覷襲玄窞。
> 天陽熙四海，注視首不頷。鶤鵬相摩窣，兩擧快一啗。
> 夫豈能必然，固已謝黯黮。狂詞肆滂葩，低昂見舒慘。
> 姦窮變怪得，往往造平淡。風蟬碎錦纈，綠池披菡萏。
> 芝英擢荒榛，孤翮起連菼。(〈送無本師歸范陽〉)

從韓愈這首與賈島的詩中可見，韓愈認爲作詩要有膽量和氣魄的；
騁才之時，必須在狂肆之詞後，有舒和的語調；窮怪之變化後，要
歸於平淡的自然。好比風蟬需以碎錦點綴，綠池需有菡萏襯托的道
理相同，總之不能使之單調乏味就是了。韓愈的表現手法即是如
此，所謂「橫空盤硬語，妥帖力排奡」，乃是在奇險之中求自然，
可謂深知作詩的秘訣，可參考本章第四節喜好雕琢之部份。因此俞
瑒曰：

> 凡昌黎先生論文諸作，極有關係，其中次第，俱從親身經
> 歷過，故能言其甘苦親切乃爾。如此詩云：「無本於爲文，
> 身大不及膽，吾嘗示之難，勇往無不敢。」作詩入手須要
> 膽力，全在勇往上見其造詣之高。又云：「姦窮變怪得，往
> 往造平淡。」平淡得於能變之後，所謂漸近自然也。此境
> 夫豈易到？公之指點來學者，深矣微矣。〔註31〕

也認爲韓愈指點來學者作詩要由難中著手，由變化入門，方能出奇而
自然。可見韓愈所要求的雖是如此，而自己卻常眼高手低，留下不自

〔註31〕《繫釋》卷七，頁360引。

然的刻劃痕迹。理論與實際往往是有距離的。

第三節　韓愈作詩的態度

一、餘事作詩人

　　前面說過，韓愈一生目的在於仕宦，可稱得上是一位軍事家、政治家，或教育家。對他如此一位活躍在政壇上的人來說，古文已爲他畢生精力所繫，詩則可說是最末之餘事了。因此仕宦之暇，或以遣興，或以遊戲，或以應酬，或以寄託政治上不得意的心情。在這幾種動機和心情之下作詩，詩也就和酒不可分離，而自謂「多情懷酒伴，餘事作詩人」（〈和席八十二韻〉）。他詩中提到酒的句子很多，例如：

　　　　胡爲浪自苦？得酒且歡喜。（〈秋懷詩十一首之一〉）

　　　　遇酒即酩酊，君知我爲誰？（〈歸彭城〉）

　　　　人生如此少，酒賤且勤置。（〈醉後〉）

　　　　事隨憂共減，詩與酒俱還。（〈和僕射相公朝迴見寄〉）

　　　　斷送一生惟有酒，尋思百計不如閒。（〈遣興〉）

　　　　三盃取醉不復論，一生長恨奈何許！（〈感春四首之一〉）

　　　　爲此徑須沽酒飲，自外天地棄不疑。（〈同上〉）

　　　　杯行到君莫停手，破除萬事無過酒。（〈贈鄭兵曹〉）

　　　　能來取醉任喧呼，死後賢愚俱泯泯。（〈贈立之崔評事〉）

　　　　人生由命非由他，有酒不飲奈明何！（〈八月十五夜贈張功曹〉）

這些酒例，很明顯地可以看出來，是政治失意，心情惡劣之時，有感而發的。他一面借酒澆愁，同時又以詩做爲寄託的工具。詩人作詩飲酒，本無大不了的事情，但對韓愈來說，一方面正可表現是其仕宦之暇的餘事而已。另一方面簡要的文字，或隱或顯，涵意無窮，自然比

用文章寫來得簡便多了，也因此他的感懷寄情之作特別多。有謂「淵
明詩篇篇有酒，吾觀其意不在酒，寄酒為迹者也」，〔註32〕韓愈亦是
如此。所以他又說：

> 何人有酒身無事？誰家多竹門可款？（〈游青龍寺贈崔大補
> 闕〉）

以為有酒必定有事，如果「身無事」，那又何必求助於酒。

在心情惡劣之時，乘酒興作詩，甚至盡其騁懷，或寄託於遊戲之
騁才當中，於是大部分雄奇詭怪的詩歌就誕生了。例如：

> 狂教詩碑砑，興與酒陪鰓。（〈詠雪贈張籍〉）

> 若使乘酣騁雄怪，造化何以當鐫劂？（〈酬司門盧四兄弟〉）

> 飲酒寧嫌觳底深，題詩尚倚筆鋒勁。（〈寒食日出游夜歸〉）

> 近憐李杜無檢束，爛漫長醉多文辭。（〈感春〉）

乘酒興發作，平時的「感激怨懟」，一吐而出。藉著神奇的文字，滿
天飛舞。如〈和侯協律詠笋〉云：「侯生來慰我，詩句讀驚魂，屬和
才將竭，呻吟至日暾。」可見感激怨懟的文字常是驚心動魄的。韓愈
形容借酒興作詩的滋味說：

> 所以欲得酒，為文俟其醺，酒味既泠冽，酒氣又氛氳，
> 性情漸浩浩，諧笑方云云，此誠得酒意，餘外徒繽紛。
> （〈醉贈張祕書〉）

喝酒到達將醉的程度，此時酒味泠冽，酒氣氛氳，心情漸漸開闊，神
情達到忘我之境。乘此時吟詠，筆到即可立就。不需思考，不必雕琢，
如有神助一般。其中滋味，非常人所能體會，因此韓愈又說：

> 長安眾富兒，盤饌羅羶葷，不解文字飲，惟能醉紅裙。
> 雖得一餉樂，有如聚飛蚊。今我及數子，固無猶與薰。
> 險語破鬼膽，高詞媲皇墳。至寶不雕琢，神功謝鋤耘。
> （〈醉贈張秘書〉）

他譏諷長安富兒但知沈湎酒色，而不能利用酒興吟詩，正可證明他的

〔註32〕蕭望卿《陶淵明批評》，頁6，開明《文史叢刊》。

「險語」「高詞」都是在酒宴場合之下完成的。他又說：

> 詩成有共賦，酒熟無孤斟。(〈縣齋讀書〉)

可見他常與友人一起淺酌，因此遊戲與贈寄友人之作非常多。其實不僅「險語」「高詞」的篇什需有酒助興，其他詩歌，亦是如此，只要看他的詩中，出現那麼多「酒」，就可得知。他說：

> 秋到無詩酒，其如月色何！(〈酬馬侍郎寄酒〉)

一旦沒有詩酒，竟連秋夜的皓月明色都顯得遜色了。

　　但對韓愈來說，究竟是酒重要，詩其次。韓愈一生並非一帆風順，他曾數遭貶謫，需要借酒澆愁，而詩則成了他酒後的副產品。這就是他所謂的「餘事作詩人」。既然他以作詩為「餘事」，自然詩作也就不多了。歐陽修《六一詩話》說：

> 退之筆力，無施不可，而嘗以詩為文章末事，故其詩曰：「多情懷酒伴，餘事作詩人」也。然其資談笑，助諧謔，敘人情，狀物態，一寓於詩，而曲盡其妙。〔註33〕

歐公認為韓愈雖以詩為文章末事，而其詩仍是資談笑，助諧謔，敘人情，狀物態。「資談笑、助諧謔」，顯然是一種遊戲筆墨，不是一個賦予詩歌以崇高使命的詩人所樂意寫作的。因此，韓愈不是以作詩為目的之人，自不是一個單純的詩人，更不是一位詩評家。他沒有什麼詩論和批評，更不足為怪。他以超乎常軌的作文方式作詩，因此他的詩也呈現了與眾不同的面貌。張世祿評朱光潛詩論中說：

> 詩的作品，一半是音樂的，一半又是語言的；因為是音樂的，所以要注重聲音的節奏及和諧；因為是語言的，所以要講究情趣和意象的美妙，以及兩者間的契合。〔註34〕

對韓愈大部分詩而言，音樂性與語言性，二者都不是：韓詩既不注重聲音之節奏與和諧，又不講究情趣和意象之美妙。因此韓詩在意境賞析方面，除了晚年的幾首詠景詩外，不易辦到；在內容分析方面，則

〔註33〕《歷代詩話》第五冊，藝文印書館。
〔註34〕見朱東潤等著《中國文學批評家與文學批評》第四冊，頁147，學生書局。

很明白其中的主題何在。

方東樹《昭昧詹言》說朱子譏韓公生平但飲酒賦詩，不過要語言文字做得與古人一般，便以爲是。〔註35〕這話對了一半。在文字方面，韓愈故意不拘偶對，以兩漢遷雄之散文氣格作古詩，固然誠如朱子所言，要語言文字與古人一般；但飲酒賦詩之下的心情與目的，卻是朱子「便以爲是」所未窺見的。

二、作險詩的動機

前面說過，韓愈是餘事作詩，但觀韓詩的風格，不外乎有正、奇兩大類，其中奇的一類，是用怪字險韻所造成的奇險詩，代表韓詩最大的特色，而且數量之多，占全詩大半。因此對於韓愈喜作險詩的原因，不可不特別探究一番。茲歸納其因，不外乎有下列三點：

（一）立異的心理

韓愈〈答劉正夫書〉說：

> 夫百物朝夕所見者，人皆不注視也；及覩其異者，則共觀而言之。夫文豈異於是乎？漢朝人莫不能爲文，獨司馬相如、太史公、劉向、揚雄爲之最。然則用功深者，其收名也遠，若皆與世沉浮，不自樹立，雖不爲當時所怪，亦必無後世之傳也。足下家中百物皆賴而用也，然其所珍愛者，必非常物。夫君子之於文，豈異於是乎？〔註36〕

韓愈首先了解到人類這種好異的心理，以爲文必與世不同，方可流傳後世，因此即使當時爲世人所怪，亦不足惜。又說：

> 若聖人之道不用文則已，用則必尚其能者。能者非他，能自樹立，不因循是也。有文字來，誰不爲文？然其存於今者，必其能者也。〔註37〕

能者爲文必須能自樹立，不因循，因此他力矯駢文，大作古文。作詩

〔註35〕《昭昧詹言》卷一二，廣文書局。
〔註36〕《昌黎文集》，頁 121。
〔註37〕同前註。

亦然，他繼承杜甫「語不驚人死不休」的寫作精神，別樹一幟，大作奇險長篇古詩，以與眾不同。因此陳言務去，喜好雕鏤文字，就成了韓愈作詩的方法了。袁枚《隨園詩話》說：

> 作詩，不可以無我，無我，則剽襲敷衍之弊大，韓昌黎所以「惟古于詞必己出」也。〔註38〕

作詩要有我，惟古於詞必己出，不剽襲敷衍前人之作，這是一種不與世同的作法，即為立異的心理所產生的一種行為，其目的自不外乎引人注意罷了。

（二）遊戲之作

韓愈〈上兵部李侍郎書〉說：

> 南行詩一卷，舒憂娛悲，雜以瓌怪之言，時俗之好，所以諷於口而聽於耳也。〔註39〕

自言瓌怪之言是時俗所好，所以誦詠之。張裕釗作注也說：

> 瓌怪處，自云時俗所好，足知離奇之作，非公真際，直游戲以震喝人。亦其才力雄大，恣睢放肆，無所不可。無識者專於此步趨之，豈不可笑。〔註40〕

認為瓌怪之詩直是遊戲之作。事實上，在遊戲之間，也有夾以「舒憂娛悲」而極盡騁懷騁才者，如前節所述飲酒寄託感慨而作奇險詩者是，此為後話。另由韓愈與孟郊聯句可知，往往因奇鬥險。又如樊宗師為文不喜蹈襲前人，而喜自鑄新詞，韓愈與其贈答，亦喜鬥難爭險，如〈山南鄭相公樊員外酬答為詩其末咸有見及語樊封以示愈依賦十四韻以獻〉一首可知。又如〈陸渾山火〉一首和皇甫湜用韻末尾。韓愈說道：

> 皇甫作詩止睡昏，辭誇出真遂上焚。要余和增怪又煩，雖欲悔舌不可捫。

明言〈陸渾山火〉一首乃是與皇甫湜遊戲之作。瞿佑《歸田詩話》也

〔註38〕《隨園詩話》卷七，《古今詩話叢編》，廣文書局。
〔註39〕《昌黎文集》，頁84。
〔註40〕《昌黎文集》，頁84之補注。

說：

> 題云和皇甫湜韻，湜與李翱皆從公學文，翱得公之正，湜
> 得公之奇，此篇蓋戲效其體，而過之甚遠。〔註41〕

另如〈效玉川子月蝕詩〉一首，亦是稀奇古怪，佶屈聱牙。可見韓愈
每每喜歡與其才力相當，好爲古奇之作者，驚難鬥險。此外，韓愈自
己作詩，偶而也會自戲一番，不必與人遊戲，方能產生險詩。因此袁
枚《隨園詩話》說：

> 昌黎鬥險，掇唐韻而拉雜砌之，不過一時遊戲。〔註42〕

朱孟實《詩論》說：

> 唐人除杜甫以外，韓愈也頗以諧趣著聞。但是他的諧趣中
> 滑稽者的成分居多。滑稽者的詼諧常見於文字的遊戲。韓
> 愈作詩好用拗字險韻怪句，和他作送窮文、進學解、毛穎
> 傳一樣，多少要以文字爲遊戲，多少要在文字上逞才氣。
> 例如他的贈劉師服：「羨君齒牙牢且潔，大肉硬餅如刀截。
> 我今呀豁落者多，所存十餘皆兀臲。匙鈔爛飯穩送之，合
> 口輒嚼如牛呞。妻兒恐我生悵望，盤中不飣粟與黎。」就
> 頗近於打油詩了。這種情境一兩句笑話就可以說盡，本無
> 作詩的必要，而他偏要作，不過覺得戲弄文字是一件趣事
> 罷了。〔註43〕

皆以韓愈奇險詩爲遊戲之作。

（三）有所寄託者

韓愈自謂：

> 其所著皆約六經之旨而成文，抑邪與正，辨時俗之所惑，
> 居窮守約，亦時有感激怨懟奇怪之辭，以求知於天下，亦
> 不悖於教化。妖淫諛佞譸張之說，無所出於其中。〔註44〕

自言感激怨懟之辭雖爲奇怪之辭，但亦不違悖教化，可見奇險的詩文

〔註41〕《歸田詩話》卷上，《續歷代詩話》下冊，藝文印書館。
〔註42〕《隨園詩話》卷六，《古今詩話叢編》，廣文書局。
〔註43〕朱孟實《詩論》，頁30～31，開明書局。
〔註44〕〈上宰相書〉，《昌黎文集》，頁90。

之中有其感激怨懟的寄託。劉熙載對此段話體認得最正確，說：

> 詩文一源。昌黎詩有正有奇。正者即所謂約六經之旨而成
> 文；奇者，即所謂時有感激怨懟奇怪之辭。〔註45〕

奇險的風格本易引起眾人注意。因此將感激怨懟之辭寄託在險詩之
中，或諷或諭，除了能宣洩個人情感之外，自然能獲知於大眾，而不
違悖教化。〈荊潭唱和詩序〉亦云：

> 夫和平之音淡薄，而愁思之聲要妙；讙愉之辭難工，而窮
> 苦之言易好也。是故文章之作，恒發於羈旅草野，至若王
> 公貴人氣滿志得，非性能而好之，則不暇以爲。今僕射裴
> 公開鎭蠻荊，統郡惟九；常侍楊公領湖之南壤地二千里，
> 德刑之政並勤，爵祿之報兩崇，乃能存志乎詩書，寓辭乎
> 詠歌，往復循環，有唱斯和。搜奇抉怪，雕鏤文字，與韋
> 布里閭憔悴專一之士較其毫釐分寸。鏗鏘發金石，幽眇感
> 鬼神，信所謂材全而能鉅者也。〔註46〕

首先標明愁思之聲、窮苦之言的好文章恒發於羈旅草野，而王公貴人，
因氣滿志得，非性能所好，則不暇以爲文。這是因爲草野之士有外在的
不順意，引起內心的不平與痛苦，是詩歌產生的動機。因此於仕宦之暇
與人往來唱和，搜奇抉怪，雕鏤文字，盡情騁才遊戲；寓不平之辭於詠
歌之中，因此鏗鏘發金石、幽眇感鬼神的詞句之間，可見其寄託之所在。
由此亦可印證遊戲中有寄託爲產生奇險詩的原因，也可印證前面言韓愈
的餘事作詩，乃宦餘之寄託、應酬、遣興之有所爲而作也。可參見本論
文「韓詩內容剖析」一章。因此也可發現每當韓愈仕路崎嶇之時，感激
怨懟之作特別多；仕途得意時，則詩作相對減少；而且前者羈旅愁思之
聲較後者雍容之言爲好。如程學恂也說：「凡在近貴所作詩，似遜于遷
謫及散處時之鬱勃豪壯，然則詩以窮而後工，固不僅在孟東野、梅聖俞
也。」〔註47〕誠所謂若「氣滿志得」，則無暇以爲是也。

〔註45〕劉熙載《藝概》卷二，頁8，廣文書局。
〔註46〕《昌黎文集》，頁153～154。
〔註47〕程學恂《韓詩臆說》卷二，頁58，商務人人文庫。

當然一首奇險詩的產生，不是單純此三個原因中的一個即可產生，有時往往是三者或兩者一體，才有可能。可以說韓愈除了近體詩外，其他古詩之作，尤其是中期或後期之作，以奇險詭怪爲多，而大致不離此三個因素。看韓愈感懷、諷諭二類詩歌之內容與風格即可明白。

第四節　韓愈作詩的方法

一、喜好雕琢

　　韓愈厭棄齊梁以來，華美淫麗的文章作品，自然連帶討厭科舉考試的駢儷雕琢之文：

> 而方聞國家之仕進者⋯⋯升於禮部、吏部，試之以繡繪雕琢之文，考之以聲勢之逆順，章句之短長。〔註48〕
> 退自取所試讀之，乃類於俳優者之辭⋯⋯誠使古之豪傑之士，若屈原、孟軻、司馬遷、相如、揚雄之徒進于是選，必知其懷慙乃不自進而已耳。〔註49〕

唐代以書判、詩賦取士，需駢儷偶對，韓愈以爲類俳優者之辭，作之慚愧。又〈答李秀才書〉說：

> 子之言以愈所爲不違孔子，不以琢雕爲工，將相從於此。〔註50〕

可見韓愈所反對的雕琢、琢雕，指的是無關大道宏旨的辭藻工夫。所以當他「應事作俗下文字」時會臉紅，〔註51〕無意義的唱和之詩也不敢多作。如〈和虞部盧四酬翰林錢七赤藤杖歌〉，整首描寫一枝赤藤杖的神秘來源及其神奇的能力，最後說道：

> 南宮清深禁闡密，唱和有類吹壎篪。
> 妍辭麗句不可繼，見寄聊且慰分司。

〔註48〕〈上宰相書〉，《昌黎文集》，頁90。
〔註49〕〈答崔立之書〉，《昌黎文集》，頁97。
〔註50〕《昌黎文集》，頁102。
〔註51〕〈見與馮宿論文書〉，《昌黎文集》，頁115。

以這種有類吹塤篪之唱和，而無關意義的妍辭麗句，不可多作，只可
用來聊以解悶罷了。

　　事實上，韓愈雖不喜雕琢辭藻，在作詩技巧上，卻講究雕琢的工
夫：用怪字，造奇字，押險韻，無不刻精鏤思。與前面所云雕琢辭藻
方式不同而已。如他說：

　　　　雕刻文刀利，搜求智網恢。(〈詠雪贈張籍〉)

　　　　規模背時利，文字虧天巧。(〈答孟郊〉)

　　　　擺落遺高論，雕鐫出小詩。(〈奉和僕射裴相公感恩言志〉)

無不搜奇抉怪，以鬥自然而出奇句爲巧妙。這種工夫，大都針對險詩
而言。當雕琢之時，突然機運於心，下筆自然能「險語破鬼膽，高詞
媲皇墳」，創造出自然的奇句來；但若靈機未到，雕刻得不好，必有
痕迹留下。皎然《詩式》最明瞭這種情形說：

　　　　取境之時，須至難、至險，始見奇句。成篇之後，觀其氣
　　　　貌，有似等閒，不思而得，此高手也。有時意境神王，佳
　　　　句縱橫，若不可遏，宛若神助。〔註52〕

險詩自然是經過雕琢而來的。韓愈原想由至難至險中求奇句，因而務
使字句妥帖、排纂；卻常不能如意，呈現險澀、佶屈聲牙的破綻出來。
如他說：

　　　　若使乘酣騁雄怪，造化何以當鐫劖？(〈酬司門盧四兄弟〉)

有酒興如神助的工夫，自然是勝於苦思雕琢的。因此韓愈也勸慰別人
說：

　　　　勸君韜養待徵招，不用雕琢愁肝腎。(〈贈崔立之評事〉)

二、務去陳言

　　《新唐書‧韓愈傳》云：

　　　　每言文章自漢司馬相如、太史公、劉向、揚雄後，作者不世
　　　　出。故愈深究本元，卓然樹立，成一家言。其原道、原性、

─────────────

〔註52〕《歷代詩話第》一冊，藝文印書館。

師說等數十篇，皆奧衍閎深，與孟軻、揚雄相表裏，而佐佑六經云。至他文，造端置辭，要爲不襲蹈前人者。〔註53〕

韓愈「至他文，造端置辭，不襲蹈前人」，作詩亦然。自從建安以後，詩歌氣象衰敝，文人沿襲剽盜。韓愈眼見唐代齊梁餘風仍未泯除，於是「粹然一出於正，刊落陳言」，〔註54〕定下了陳言務去的作詩態度。他〈答劉正夫書〉云：

或問：「爲文宜何師？」必謹對曰：「宜師古聖賢人。」曰：「古聖賢人所爲書具存，辭皆不同，宜何師？」必謹對曰：「師其意，不師其辭」。〔註55〕

主張爲文爲詩師法古書中之義理，而不沿襲其辭。但是：

當其取於心而注於手也，惟陳言之務去。〔註56〕

將古書中之義理融會於心，再用己意表達，自然就不是陳言了。這正如黃山谷所說，韓愈無一字無來處；但儘管有來處，而仍不妨礙是他的詩文一樣，〔註57〕也是韓愈「詩文齊六經」的眞義。此種不取其辭，只取其意的方法，可謂深知作詩文的技巧。如魏泰《臨漢隱居詩話說》：

詩惡蹈襲古人之意，亦有襲而愈工若出於己者。蓋思之愈精，則造語愈深也。〔註58〕

韓愈務去陳言之意，其實就是化陳舊熟稔爲新穎倔奇，因此必然無一字無來歷。如顧嗣立《寒廳詩話》說：

韓昌黎詩句句有來歷，而能務去陳言者，全在於反用。〔註59〕

方東樹《昭昧詹言》說：

韓公去陳言之法，眞是百世師，但其義精微，學者不易知。如云：公詩無一字無來歷，夫有來歷，皆陳言也。而何謂務去之也？則全在於反用、翻用，故著手成新，化朽腐爲

〔註53〕《新唐書》卷一七六〈韓愈傳〉。

〔註54〕同前註，〈韓愈傳贊〉。

〔註55〕《昌黎文集》，頁121。

〔註56〕〈答李翊書〉，《昌黎文集》，頁99。

〔註57〕《漁隱叢話》卷九，廣文書局。

〔註58〕《歷代詩話第》六冊，藝文印書館。

〔註59〕《清詩話》，頁86，明倫出版社。

　　　神奇也。〔註60〕

變化有來歷字句為新奇的方法，就在反用、翻用的技巧上了。而且
不僅限於字句，凡是前人用過的意、境、典、事，都可以適用這個
原則，韓詩中情形很多，可參考本論文第四章「用典」一節。這種
用己意表達，不與之雷同的方法不簡單，必非「讀書多，筆力強，
文法高古」，〔註61〕然後用「雄奇沉鬱之氣，以揮寫性情，鋪陳事實」，
〔註62〕才能「沛然若有餘」。所以韓愈才又說：「戞戞乎其難哉？」
他在〈南陽樊紹述墓誌銘〉說道：

　　　必出於己，不襲蹈前人一言一句，又何其難也。〔註63〕

後人很難學得如他好，所以方東樹說：

　　　以新意清詞易陳言熟意，惟明遠、退之最嚴。〔註64〕

《新唐書・韓愈傳》亦云：

　　　至其徒李翱、李漢、皇甫湜從而效之，遠不及遠甚。〔註65〕

〔註60〕方東樹《昭昧詹言》卷九，廣文書局。
〔註61〕同前註。
〔註62〕施山薑《露庵雜記》。
〔註63〕《昌黎文集》，頁311。
〔註64〕見《昭昧詹言》卷一，廣文書局。
〔註65〕見《新唐書》卷一百七十六。

第三章　韓詩的內容剖析

　　詩歌由漢魏演進到盛唐，除了聲律和體制已經具備之外，內容方面的發展，也由抒情、詠懷、詠史、敘事、詠物、田園、山水，到自然、邊塞、社會寫實而告殆盡，因此有杜甫的集古今之大成。而後人分析詩派，在杜甫以前，大都以內容為標準，如陶淵明的田園詩，謝靈運的山水詩，王維的自然詩，岑參的邊塞詩；在杜甫同時及以後，因詩家的題材已無顯著差異，只得以風格為衡量，如李白的豪邁飄逸，杜甫的沈鬱頓挫，孟郊的清奇僻苦，韓愈的奇詭雄險，李賀的穠麗陰暗。然而自古以來，景物始終存在於詩人的周遭，情感依舊發自於詩人的內心，即景興情，因物詠懷，仍是詩人最通用的內容之一；但因各人性情不同，遭遇不一，表達方式有別，自然也就各異其趣了。因此探討中唐的韓詩，雖然在題材上已無創新表現，但其詩所呈現的性情、思想、情操、和表達方式，卻仍有其特色。韓愈詩作不多，除去聯句，律詩、古詩共有三百七十首，﹝註1﹞但其中除去〈琴操〉與〈元和聖德詩〉、〈鄆州谿堂〉兩首四言詩外，根據詩中所賦的主題，大致可以分為感懷寄情、託物諷諭、贈勸慰藉、摹詠景物四大類。其

﹝註1﹞李漢〈昌黎先生集序〉謂收拾遺文，無所失墜，其中得古詩二百一十，聯句十一，律詩一百六十，故曰除去聯句，古詩、律詩共三百七十首。段醒民〈韓愈詩用韻考〉亦據此三百七十首考校。

中前三類大體不離其文學的主張，而有其怨、諷、教的意味在內；最後一類是出仕詩人應酬即興難免的題材，無違大道。這些詩歌全由仕宦之繩一脈貫穿而下：感懷、諷刺皆因政治得失引起；贈慰、詠物亦多因功名與宦場應酬引起。這些都充分顯示韓愈詩歌是仕宦的附庸。茲據以上分類分別探討其詩歌成分如後。

第一節　感懷寄情

　　韓愈是個性情中人，一生忠君愛國，疾惡如仇，喜怒哀樂，全洩於詩，毫不保留。因此，由他的詩中，就可以窺見他個人的全貌，不致於如「心畫心聲總失眞」的潘岳，讓人眼誤。方東樹《昭昧詹言》云：

> 詩中夾以世俗情態、困苦危險之情，杜公最多，韓亦有之。……古今興亡成敗，盛衰感慨，悲涼抑鬱，窮通哀樂，杜公最多，韓公亦然。〔註2〕

葉燮《原詩》亦云：

> 作詩者在抒寫性情……舉韓愈之一篇一句，無處不可見其骨相稜嶒，俯視一切，進則不能容於朝，退又不肯獨善於野，疾惡甚嚴，愛才若渴，此韓愈之面目也。〔註3〕

沈德潛《說詩晬語》亦云：

> 性情面目，人人各具。……其世不我容，愛才若渴者，昌黎之詩也。〔註4〕

韓愈剛毅鯁直，疾惡甚嚴的個性，與世衝突，引起內心的矛盾最大；再因個人熱中功名，造成患得患失的心理，情感也就隨著仕宦的起伏而波動起來；自然困苦感慨、悲涼抑鬱、窮通哀樂之情，不知不覺流露而出。舉凡感懷、憶舊、敍事、寄情等以情感爲主的詩歌，都脫離

〔註2〕《昭昧詹言》卷一一，廣文書局。
〔註3〕《原詩》卷三外篇上，《清詩話》，頁596。
〔註4〕《說詩晬語》卷下，《清詩話》，頁557。

不了此種心情，而且往往表現在贈寄友朋的詩歌當中，因此都把它歸於感懷寄情的內容一類。

文學是生活的反映，對韓愈來說，感懷寄情詩卻是其宦海生涯的反映，因此研究韓愈此類詩歌，必須沿其政治生涯追溯而下，方能知道其感懷悲憤的真正原因。

韓愈早年的詩大多表達求仕或懷才不遇之情，如〈落葉〉、〈北極〉、〈出門〉、〈馬厭穀〉、〈烽火〉等，尚無任何感傷的成分在內。德宗貞元十一年（795），韓愈三試博學宏詞科又未通過，三上宰相書亦未被置理後，毅然離開京師，往汴州做董晉幕府的觀察推官去，展開了政治生涯的序幕。不久遇汴州亂，董晉去世，從喪至洛。抵徐州時，張建封薦為節度推官。從此就在京師、洛陽和徐州之間來回奔波。〔註5〕時代的不安，仕途的崎嶇，使得嗜官已久的韓愈感慨良多。如〈暮行河隄上〉云：

> 謀計竟何就？嗟嗟世與身。

〈贈侯喜〉一首亦云：

> 半世遑遑就舉選，一名始得紅顏衰。
>
> 人間事勢豈不見，徒自辛苦終何為？
>
> 便當提攜妻與子，南入箕潁無還時。

言下頗有歸隱之意。然感慨歸感慨，韓愈仍不肯放棄對仕路的追求。貞元十八年（802），韓愈授四門博士，開始在京師安定下來。好景不常，十九年（803）十二月，在拜監察御史的任上，因為上章極論宮市之弊，〔註6〕而忤逆德宗，被貶為連州陽山令。這對韓愈來說，如同晴天霹靂，欲避無門。自此至元和元年（806）由江陵返回京師這段期間，可說是韓愈作感懷詩的高潮時期。流離在外的感情特別脆弱，忠忱與

〔註5〕本文所敍昌黎生平與詩係從世界書出版《韓昌黎詩繫年集釋》一書序目繫年。

〔註6〕或以為非論宮市之弊，乃論關中旱飢，詔蠲租半，有司徵求反急，而為專政者所惡，方貶陽山。事可見《舊唐書》卷一六○〈韓愈傳〉及其後所附之考證。

愧疚交織在他的心裏，流露在他的詩歌自然有如〈答張十一功曹〉所云：

> 未報恩波知死所，莫令炎瘴送生涯。

〈同冠峽〉云：

> 羈旅感和鳴，囚拘念輕矯。潺湲淚久迸，詰曲思增遶。
> 行矣且無然，蓋棺事乃了。

〈縣齋讀書〉云：

> 南方本多毒，北客恒懼侵。讁譴甘自守，滯留愧難任。

貞元二十一年（805）正月，德宗崩，順宗即位，韓愈遇赦，夏秋離開陽山，竢命於郴州。八月改元，授江陵府法曹參軍，九月初才離開郴州，赴江陵去。此時心情雖稍漸好轉，但仕途艱難，小人險惡之慨，仍不時隱約出現於詩中。又以陽山之貶亦受小人之害，因此追懷南渡之景，不免耿耿於懷，再三陳述。如〈縣齋有懷〉云：

> 人情忌殊異，世路多權詐。嗟跎顏遂低，摧折氣愈下。

〈題合江亭寄刺史鄒君〉云：

> 人生誠無幾，事往悲豈那。蕭條綿歲時，契闊繼庸懦。
> 勝事誰復論，醜聲日已播。中丞黜凶邪，天子閔窮餓。

〈謁衡嶽廟遂宿嶽寺題門樓〉云：

> 竄逐蠻荒幸不死，衣食纔足甘長終。
> 侯王將相望久絕，神縱欲福難爲功。

〈陪杜侍御游湘西兩寺獨宿有題一首因獻楊常侍〉亦云：

> 猶疑在波濤，怳惕夢成魘。靜思屈原沈，遠憶賈誼貶。
> 椒蘭爭妒忌，絳灌共讒諂。誰令悲生腸？坐使淚盈臉。

〈岳陽樓別竇司直〉云：

> 愛才不擇行，觸事得讒謗，前年出官由，此禍最無妄。
> 公卿採虛名，擢拜識天仗，姦猜畏彈射，斥逐恣欺誑。
> 新恩移府庭，逼側廁諸將，于嗟苦驚緩，但懼失宜當。
> 追思南渡時，魚腹甘所葬，嚴程迫風帆，劈箭入高浪，
> 顚沈在須臾，忠鯁誰復諒？

即使到了江陵，隔年六月召拜國子博士還朝，七月以後回到京師，此種悲憤激動的心情一直仍未消滅，卻因年齡的感慨而有日趨緩和之勢。如〈李花贈張十一署〉云：

> 念昔少年著游燕，對花豈省曾辭盃。
> 自從流落憂感集，欲去未到先思廻，
> 祇今四十已如此，後日更老誰論哉？

〈憶昨行和張十一〉云：

> 念昔從君渡湘水，大帆夜劃窮高桅。
> 陽山鳥路出臨武，驛馬拒地驅頻隤。
> 踐蛇茹蠱不擇死，忽有飛詔從天來，
> 伍文未揃崖州熾，雖得赦宥恒愁猜。
> 近者三姦悉破碎，羽窟無底幽黃能。
> 眼中了了見鄉國，知有歸日眉方開。

〈感春之四〉云：

> 我恨不如江頭人，長網橫江遮紫鱗，
> 獨宿荒陂射鳧雁。賣納租賦官不嗔，
> 歸來歡笑對妻子，衣食自給寧羞貧。
> 今者無端讀書史，智慧只足勞精神，
> 畫蛇著足無處用，兩鬢雪白趨埃塵，
> 乾愁漫解坐自累，與衆異趣誰相親？
> 數盃澆腸雖暫醉，皎皎萬慮醒還新。
> 百年未滿不得死，且可勤買拋青春。

以及下列之語句：

> 我材與世不相當，戢鱗委翅無復望。（〈贈鄭兵曹〉）

> 詩書漸欲拋，節行久已惰。冠欹感髮禿，語誤悲齒墮。
> 孤負平生心，已矣知何奈！（〈感春之三〉）

> 浮生雖多塗，趨死惟一軌。（〈秋懷之一〉）

> 豈不感時節，耳目去所憎。（〈秋懷之四〉）

他追憶起陽山之貶，不免氣憤塡膺，痛恨小人之肆虐，而感嘆己才無

用，與其異趣。誠所謂困苦感慨、悲涼抑鬱之情，油然可見。經過這次打擊，由江陵回到京師之後，韓愈宦途雖日見平坦，然壯志未伸，年事已增，而名利之欲淡泊，不免意興蕭條，言辭一變而爲慨嘆。如〈東都遇春〉一首云：

> 少年眞氣狂，有意與春競。……
> 爾來曾幾時，白髮忽滿鏡。……
> 貪求匪名利，所得亦已倂。
> 悠悠度朝昏，落落捐季孟。

〈晚菊〉一首云：

> 少年飲酒時，踊躍見菊花；今來不復飲，每見恒咨嗟。
> 佇立摘滿手，行行把歸家。此時無與語，棄置奈悲何！

他甚至有了看破名利，歸耕田園之意。如〈贈張籍〉一首云：

> 如今更誰恨？便可耕瀷滻。

〈晚寄張十八助教周郎博士〉亦云：

> 田野興偶動，衣冠情久厭。吾生可攜手，歎息歲將淹。

憲宗元和十四年（819），韓愈五十二歲。正月，因諫迎佛骨，被貶爲潮州刺史。因有前車之鑒與年齡日增之故，此時所作的感懷詩，如左遷至藍關示姪孫湘、武關西逢配流吐蕃、路傍堠、次鄧州界、食曲河驛、過南陽，已不似在陽山、江陵時之情緒激動，只覺一片忠心不蒙賞識，徒自黯然神傷。

此年多天，韓愈量移袁州刺史，明年九月召拜國子祭酒。此時眼見親朋好友相繼故去，才深深體會年輕時所無暇顧及的友情之可貴，而懷念起故友來。如：

> 少年樂新知，衰暮思故友。譬如親骨肉，寧免相可否？（除官赴闕至江州寄鄂岳李大夫）
>
> 人由戀德泣，馬亦別群鳴。寒日夕始照，風江遠漸平。默然都不語，應識此時情。（次石頭驛寄江西王十中丞閣老）
>
> 歲暮難相值，酣歌未可終。（自袁州還京行次安陸先寄隨州周員外）

陸孟丘楊久作塵，同時存者更誰人？（〈又寄周隨州員外〉）

白水龍飛已幾春？偶逢遺跡問耕人。丘墳發掘當官路，何
處南陽有近親？（〈題廣昌館〉）

因此回顧自己一生，不禁感慨良多，不勝噓唏。如〈南內朝賀歸呈同
官所〉云：

余惟戀書生，孤身無所齎。
三黜竟不去，致官九列齊。……
文才不如人，行又無町畦。
問之朝廷事，略不知東西。……
君恩太山重，不見酬稗稊。
所職事無多，又不自提撕。

〈早次太原呈副史郎中〉云：

暮齒良多感，無事涕垂頤。

　　綜觀本節所敘，韓愈感懷寄情詩大致來自於他不平坦仕途的心
態反映。因此當仕途稍微得意時，如討平淮西、宣慰王廷湊軍，作
品自然呈現一種雄武氣概；為中書舍人及太子右庶子，作品不知不
覺流露出一種台閣氣息，自無感懷的成分與因素，故不在囊括之內。
而一首詩的風格與內容是完全得依作者當時的心境而定的，也因此
得把生平不得意的仕途一提，方可真正體會韓愈的感懷寄情詩。

第二節　託物諷諭

　　杜甫、白居易的社會寫實詩，固然是描寫社會民生的痛苦，也未
嘗不是藉著民生痛苦的情形，反映當政者不當措施所造成的弊害，因
此杜白的社會寫實詩，其實就是社會諷諭詩，它代表了大眾的的心
聲。韓愈的諷諭詩也不少，葛賢寧《中國詩史》云：

退之為儒家詩人，詩人傷時憂世之意識極多，大率不離諷
諭。〔註7〕

_____

〔註 7〕葛賢寧《中國詩史》，頁 244，中華文化出版事業委員會。

韓愈感傷時政的憤恨、不滿之情，部分已經流露在前節所言之感懷寄情詩歌當中，但有些話是不能鯁言直說的，只好用隱諭的方式表達，以暗刺政治上的黑暗事蹟，所以又作有不少的託物諷諭詩。這些詩歌，完全直接反映他個人不滿的心聲，比起杜白展露了廣大民眾的痛苦，自然氣魄要顯得狹猛多了。

韓愈的諷諭，大部分是譏誚時政，但也有少部分是隱射私人的恩怨，這些大都用寓言方式表達，因此總名為託物諷諭詩。朱孟實《談美》云：

> 人變成物通常叫做「托物」。……最普通的托物是「寓言」，
> 寓言大半拿動植物的故事來隱射人類的是非、善惡。〔註8〕

韓愈即是拿動物或植物來隱射自己所欲陳述的人，因此表面上看來，似乎在寫動物或植物所發生的這件事，暗地裏所說的卻是另外一件事，若不明究裏，往往不知所云何事。最明顯的例子如〈射訓狐〉一首：

> 有鳥夜飛名訓狐，矜凶挾狡誇自呼。
> 乘時陰黑止我屋，聲勢慷慨非常麤。
> 安然大喚誰畏忌，造作百怪非無須。
> 聚鬼徵妖自朋扇，擺掉栱桷頹墍塗。
> 慈母抱兒怕入席，那暇更護雞窠雛。
> 我念乾坤德泰大，卵此惡物常勤劬。
> 縱之豈即遽有害，斗柄行拄西南隅。
> 誰謂停姦計尤劇，意欲唐突義和烏，
> 侵更歷漏氣彌厲，何由僥倖休須臾，
> 咨余往射豈得已，候女兩眼張睢盱，
> 梟驚墮梁蛇走竇，一矢斬頸群雛枯。

方世舉認為訓狐即指王叔文，通篇為諷刺王叔文其事。〔註9〕根據《順宗實錄》或《舊唐書·王叔文傳》的記載，知道叔文以碁待詔，粗知

〔註8〕朱孟實《談美》，頁95～96，台灣開明書店。
〔註9〕見《繫釋》卷二，頁116所引。

書，好言理道，得到太子信任，而宮中之事倚之裁決。他密結當代知名之士而欲僥倖速進者，與韋執誼、陸質、呂溫、李景儉、韓曄，韓泰、陳諫、柳宗元、劉禹錫等數十人，定爲死交；藩鎮、侯伯亦有賄賂請交者。德宗崩，順宗臥病不能親政，閹官李忠言、牛昭容侍左右，王伾、王叔文、韋執誼相互推薦，與牛、李二人勾結，和朋黨唱和，王伾主往來傳授，王叔文主決斷，韋執誼爲文誥，劉禹錫、柳宗元、陳諫、韓泰等朋黨採聽外事，傑然自得，謂天下無人。後叔文入內庭，陰搆密命，機形不見，引其黨欲奪宦官兵柄，以故將范希朝統領西北諸鎮行營兵馬，使韓泰副之。事敗。後順宗久疾未平，叔文未欲立皇太子，中外立廣陵王爲太子，天下皆悅，獨叔文面有憂色，而不敢言其事。皇太子監國，即貶叔文爲渝州司戶，明年誅之。而王伾，闒茸不如叔文，唯招賄賂無大志，珍玩賂遺，歲時不絕，被貶爲開州司馬。〔註10〕此乘德宗臥病，尚未即位的順宗臥榻之際，密結朋黨，和宦官李忠言勾結，掌握機權，甚至意奪宦官兵權，主宰王位之事，與本詩所敍：惡鳥訓狐，矜凶挾狡，乘人天黑不備之際（即指順宗臥榻之際），攀飛屋頂，鳴囂聲噪，聚鬼結妖，擾人不寧（即指結黨之事）。靜止之時，反而詭計多端，陰謀更深，伺待整夜之養精蓄氣，意奪天日之明（即指不欲立太子之事）之事，不謀而合。方世舉之云，應幾得實。再如永貞行一首，開宗明義即說：「君不見太皇諒陰未出令，小人乘時偷國柄。北軍百萬虎與貔，天子自將非他師，一朝奪印付私黨……天位未許庸夫干……膺圖受禪登明堂，共流幽州鮌死羽。」把王叔文、王伾等人謀奪國柄、兵權，干位以及收受賄賂的不法情事直接道了出來，可做爲本詩的註腳，爲諷刺王叔文之事之明證。但《舊唐書》順宗史實部分，是參考韓愈的《順宗實錄》，〔註11〕自然二書所言王叔文

〔註10〕見《舊唐書・王叔文傳》；或《昌黎文集・外集》下卷《順宗實錄》，頁 403～422。

〔註11〕《二十二史劄記》謂《舊唐書》前半用實錄國史舊本，而《舊唐書》所載王叔文、王伾等人之事，皆與韓愈所撰《順宗實錄》同，故五代修舊唐書順宗史實部分必參考《順宗實錄》。頁 214，樂天出版社。

之惡端與此詩吻合。但後人對王叔文結黨事，似覺韓愈或有偏頗之處。

唐朝以來，君主使宦官掌有禁兵、管樞密之權，因此宦官的勢力形成，英主察相無可奈何，而立君、弒君、廢君之事，層出不窮。自穆宗以來八世，爲宦官所立者有七君。〔註12〕

德宗時，懲涇師之變，禁軍倉卒，不及徵集，還京後，不欲以武臣典掌禁兵，乃以神策天威等軍，置護軍中尉、中護軍等官，以內官竇文場、霍仙鳴等主之，於是禁軍全歸宦寺。其後又有樞密之職，凡承詔受旨，出納王命多委之，於是機務之重，又爲所參預。〔註13〕因此王夫之認爲，王叔文以范希朝、韓泰奪宦官兵柄，乃是有意革除唐朝以來宦官當權，以及德宗末年之亂政，方借牛昭容、李忠言之階，親達篤疾之順宗。意立王儲，安定民心，以止宦官擅立之邪謀，其心原出於忠誠也。〔註14〕王鳴盛亦以爲，叔文所引用的柳宗元、劉禹錫、劉蕡、韓泰、陳諫、程异，都是於史有傳的賢者，范希朝也是傳載善於治兵，保疆衛土的功臣，而叔文舉賢爲國，可謂忠矣，爲何矛盾而斥爲小人？且叔文即使行迹狂妄，心實公忠，亦有所行善政，只獨不利於弄權之宦官、跋扈之強藩，其功不可一筆抹殺。〔註15〕而王夫之又說：「叔文、伾之就誅，八司馬之遠竄，事所自發，亦以宦官俱文珍等，怨范希朝、韓泰之奪其兵柄，忿懟急洩，而大獄疾興。」〔註16〕認爲王叔文等人之誅竄，亦爲宦官俱文珍等人，一手導演的永貞內禪成功，〔註17〕而怨范、韓的修奪兵權，一怒之所爲。如此看來，不與宦官同流合污的王叔文，應不似韓愈之所言如是才對，而韓愈是否有

〔註12〕 本段文字係參考趙翼《二十二史劄記》卷二〇論「唐代宦官之禍」，頁262～263，樂天出版社。

〔註13〕 同前註，頁262。

〔註14〕 參見王夫之《讀通鑑論》卷二五之「唐順宗」部分，中華書局，四部備要本。

〔註15〕 見王鳴盛《十七史商榷》卷八九，頁508，「王叔文謀奪內官兵柄」；及卷七四，頁412，「順宗紀所書善政」二文，樂天出版社。

〔註16〕 同註14。

〔註17〕 此事可見《舊唐書》卷一三五〈王叔文傳〉。

包庇宦官，因而痛斥王叔文等人之嫌，實亦值得深究。陳寅恪說：

> 韓退之本與文珍有連（見《昌黎外集·參送俱文珍序》及
> 王鳴盛《蛾術編·伍柒》），其述永貞內禪事，頗袒文珍等，
> 其公允之程度雖有可議，而其紀內廷宦官之非屬一黨及壓
> 迫順宗擁立憲宗之隱秘轉可信賴。惟其如此，後來閹寺深
> 不欲外人窺知，所以屢圖毀滅此禁中政變之史料也。〔註18〕

認為永貞內禪的確有坦護俱文珍之嫌，但亦不包庇其他宦官壓迫順宗
擁立憲宗的隱秘。

　　韓愈的有生之年，國境之內有藩鎮之亂，國境之外有強寇之患，
朝廷之中有朋黨之爭，宮禁之中有宦官之禍。藩鎮與強寇之患，只能
引起韓愈感嘆時代動盪不安的動機，惟有朝夕見處的朋黨與宦官，其
奪權的黑暗事蹟，才是韓愈諷刺的真正對象。因此圍繞著王叔文等人
的諷刺詩，韓愈就作有多首，如〈東方半明〉一首：

> 東方半明大星沒，獨有太白配殘月。嗟爾殘月勿相疑，同
> 光共影須臾期。殘月暉暉，太白睒睒。雞三號，更五點。

韓醇以為此詩乃指順宗不能親政，憲宗尚在東宮的時候，王叔文用
事，引去天下所重的賈耽、鄭珣瑜二相，又與韋執誼私相猜忌，終為
即位後的憲宗貶竄之事。則東方半明即指順宗臥病，憲宗未即位的黯
淡時期；大星指賈、鄭二相；殘月指王叔文，太白指韋執誼；雞號指
憲宗即位；殘月暉暉、太白睒睒指王、韋二人貶竄之事。〔註19〕又如
〈題炭谷湫祠堂〉一首：

> 萬生都陽明，幽暗鬼所寰。嗟龍獨何智，出入人鬼間。不
> 知誰為助？若執照化關。厭處平地水，巢居挿天山。列峯
> 若攢指，石盂仰環環。巨靈高其捧，保此一掬慳。森沈固
> 含蓄，本以儲陰姦。魚鱉蒙擁護，群嬉傲天頑。翾翾棲託
> 禽，飛飛一何閑，祠堂像侔真，擢玉紆烟鬟。群怪儼伺候，
> 恩威在其顏。我來日正中，悚惕思先還。寄立尺寸地，敢

〔註18〕見陳寅恪《唐代政治史述論稿》，頁 70，樂天出版社。
〔註19〕見《繫釋》卷二，頁 117 所引。

言來途艱。吁無吹毛刄，血此牛蹄殷。至今乘水旱，鼓舞
寡與鰥。林叢鎮冥冥，窮年無由刪。姸英雜艷實，星璅黃
朱班。石級皆險滑，顛躋莫牽攀。尨區雖衆碎，付與宿已
頒。棄去可奈何？吾其死茅菅。

此詩顧嗣立以爲湫龍澄源喻幸臣，魚鼈禽鳥及群怪喻黨人，全詩爲諷
刺李齊運、李實、韋執誼與王叔文勾結亂政，以及當初被貶即受此小
人陷害之故的事情。〔註20〕而王元啓《讀韓記疑》亦認爲此詩爲諷刺
王叔文、韋執誼及八司馬之作。〔註21〕又如〈苦寒〉一首：

四時各平分，一氣不可兼。隆寒奪春序，顓頊固不廉。太昊
弛維綱，畏避但守謙。遂令黃泉下，萌牙天勾尖。草木不復
抽，百味失苦甜。凶飆攪宇宙，鏅刄甚割硻。日月雖云尊，
不能活么蟾。羲和送日出，恇怯頻窺覘。炎帝持祝融，呵噓
不相炎。而我當此時，恩光何由沾？肌膚生鱗甲，衣被如刀
鎌。氣寒鼻莫齅，血凍指不拈。濁醪沸入喉，口角如銜箝。
將持匕箸食，觸指如排籤。侵鑪不覺暖，熾炭屢已添。探湯
無所益，何況癏與慊。虎豹僵穴中，蛟螭死幽潛。熒惑喪躔
次，六龍冰脫髯。芒碭大包內，生類恐盡殲。啾啾窗間雀，
不知已微纖，舉頭仰天鳴，所願晷刻淹，不如彈射死，卻得
親炰燖。鸞皇苟不存，爾固不在占。其餘蠢動儔，俱死誰恩
嫌。伊我稱最靈，不能女覆苫，悲哀激憤歎，五藏難安恬。
中宵倚牆立，淫淚何漸漸。天乎哀無辜！惠我下顧瞻。褰旒
去耳纊，調和進梅鹽，賢能日登御，黜彼傲與憸。生風吹死
氣，豁達如褰簾。懸乳零落墮，晨光入前簷。雪霜頓銷釋，
土脈膏且黏。豈徒蘭蕙榮，施及艾與蒹。日萼行鑠鑠，風條
坐襜襜。天乎苟其能，吾死意亦厭。

此詩韓醇以爲隆寒奪春序而肆其寒，猶權臣之用事；太昊之畏避，則
猶當國者畏權臣取充位而已。〔註22〕而樊汝霖認爲就是諷刺裴延齡、

〔註20〕見《繫釋》卷二，頁84所引。
〔註21〕同前註。
〔註22〕見《繫釋》卷二，頁74所引。

李齊運、王紹、李實、韋執誼、渠车等，權侔人主之事。〔註23〕又如
〈詠雪贈張籍〉一首：

> 只見縱橫落，寧知遠近來。飄颮還自弄，歷亂竟誰催？座暖
> 銷那怪，池清失可猜。坳中初蓋底，坻處遂成堆。慢有先居
> 後，輕多去卻迴。度前鋪瓦隴，奔發積牆隈。穿細時雙透，
> 乘危忽半摧。舞深逢坎井，集早值層臺。砧練終宜擣，階紈
> 未暇裁。城寒裝睥睨，樹凍裹莓苔。片片匀如翦，紛紛碎若
> 挼。定非燂鵠鷺，眞是屑瓊瑰。緯繣觀朝蕣，冥茫矖晚埃。
> 當窗恒凜凜，出戶即皚皚。潤野榮芝菌，傾都委貨財。娥嬉
> 華蕩瀁，骨怒浪崔嵬。磧迥疑浮地，雲平想輾雷。隨車翻縞
> 帶，逐馬散銀盃。萬屋漫汗合，千株照耀開。松篁遭挫抑，
> 糞壤獲饒培。隔絕門庭遽，擠排陛級纔。豈堪禪嶽鎮，強欲
> 效鹽梅。隱匿瑕疵盡，包羅委瑣該。誤雞宵呃喔，驚雀暗徘
> 徊。浩浩過三暮，悠悠帀九垓。鯨鯢陸死骨，玉石火炎灰。
> 厚慮塡溟壑，高愁擬斗魁。日輪埋欲側，坤軸壓將頹。岸類
> 長蛇攪，陵猶巨象豗。水官夸傑黠，木氣怯胚胎。著地無由
> 卷，連天不易推。龍魚冷蟄苦，虎豹餓號哀。巧借奢豪便，
> 專繩困約災。威貪陵布被，光肯離金罍。賞玩捐他事，歌謠
> 放我才。狂教詩硬矶，興與酒陪鰓。惟子能諳耳，諸人得語
> 哉？助留風作黨，勸坐火爲媒。雕刻文刀利，搜求智網恢。
> 莫煩相屬和，傳示及提孩。

王元啓《讀韓記疑》以爲此詩專繩困約、威陵布被、隱匿瑕疵、包羅
委瑣等語，與苦寒詩、炭谷湫詩意有同指。蓋諷刺德宗末年，李實專
事剝民奉上，王叔文、韋執誼密結欲僥倖之徒朋黨爲群之事也。〔註24〕
甚至〈雜詩四首〉，方世舉以爲託諷朝士，〔註25〕王元啓以爲託諷依附
王叔文之輩小而作也。〔註26〕至若〈讀東方朔雜事〉、〈譴瘧鬼〉二首，

〔註23〕同前註。
〔註24〕見《繫釋》卷二，頁77所引。
〔註25〕見《繫釋》卷二，頁112所引。
〔註26〕同前註。

亦撲朔迷離，似意有所指，諷刺當時權倖作威作福，而民不聊生的痛苦之狀。因此韓醇曰：

雜詩及讀東方朔雜事、譴瘧鬼，皆指事託物而有作也。〔註27〕

根據韓愈文以載道，詩以言志的觀念，以及韓愈餘事作詩的態度可知，除非奉和應酬，韓愈幾乎不無聊作詩，或作無意義之詩。因此似〈東方半明〉、〈苦寒歌〉、〈雜詩〉、〈譴瘧鬼〉、〈讀東方朔雜事〉此類個人描述事物極盡能事，卻無任何含意；或自以騁才游戲，而無以喻懷之事，是不可能的。即如〈題炭谷湫祠堂〉，雖有所題而作，但描寫怪奇，似亦借以發抒所怨所懟而作。至如〈詠雪贈張籍〉，似為詠雪之形態以贈他人，為純詠物之奉酬作，實亦喻諷怨之事於寄情之詠物詩中。因此，此數詩必有所指是不錯的。汪佑南《山涇草堂詩話》說：

讀古人詩，須知古人當日情事，而後識其用意之所在。〔註28〕

而此數詩，由以上所舉前人較正確的看法，皆不離諷刺德宗末年，李實、韋執誼、王叔文等朋黨，權倖人主，滋亂時政一事。此雖不敢完全肯定即是韓愈當時諷刺之真正對象，但觀數詩所作時間之相近，大約在德宗末年，王叔文、王伾等人用事之時，和數詩詠事狀態之模稜兩可的態度可知，的確有其自言「感激怨懟」之辭在，當離韓愈諷刺之旨意不遠。而且這些諷諭詩的風格，奇險無比，誠然有所謂感激怨懟在。即何焯批評〈題炭谷湫祠堂〉說的：「全是託諷，造語亦奇警。」〔註29〕

此外較晚期諷刺時政的詩有如〈和侯協律詠笋〉一首：

竹亭人不到，新笋滿前軒。乍出真堪賞，初多未覺煩。成行齊婢僕，環立比兒孫。驗長常攜尺，愁乾屢側盆。對吟忘膳飲，偶坐變朝昏。滯雨膏脉濕，驕陽氣候溫。得時方張王，挾勢欲騰騫。見角牛羊沒，看皮虎豹存。攢生猶有隙，散布忽無垠。詎可持籌算？誰能以理言？縱橫公占地，羅列暗連根。狂劇時穿壁，羣強幾觸藩。深潛如避逐，遠

〔註27〕見《繫釋》卷八，頁394所引。
〔註28〕見《繫釋》卷一二，頁530所引。
〔註29〕見《繫釋》卷二，頁85所引。

去若追奔。始訝妨人路，還驚入藥園。萌牙防寖大，覆載
莫偏恩。已復侵危砌，非徒出短垣。身寧虞瓦礫，計擬掩
蘭蓀。且歡高無數，庸知上幾番？短長終不校，先後竟誰
論。外恨苞藏密，中仍節目繁。暫須迴步履，要取助盤飧。
穰穰疑翻地，森森競塞門。戈矛頭戢戢，蛇虺首掀掀。婦
懦咨料揀，兒癡謁盡髡。侯生來慰我，詩句讀驚魂。屬和
才將竭，呻吟至日暾。

此詩樊汝霖說：「侯協律，喜也。或云：公意專以譏時相，
自得時方張王至蛇虺首欣欣，大抵言其挾勢植黨，苞藏姦慝之狀，
如此豈李逢吉之謂耶？是時裴度欲討蔡，逢吉引其黨令狐楚、蕭俛等沮之，公亦坐
忤宰相意，自中書舍人降右庶子。」〔註30〕王元啓《讀韓記疑》亦曰：
「此必李逢吉惡公論淮西事異己，遣其黨八關十六子之徒，廣播流言，
以搖上聽，得因是擠諸散地耳。」〔註31〕又曰：「自得時方張王以下，
疑刺八關十六子之徒，爲公廣播流言者。」〔註32〕而方世舉注說：「案：
此與李紳爭臺參罷官時作。貞元十八年，權德輿知貢舉，公薦士於陸
祠部，稱李紳文行出羣，則紳早年本受知於公，故曰乍出眞堪賞也。
得時方張王以下，謂其初爲御史中丞，已咄咄逼人也。縱橫公占地，
謂其肆行；羅列暗連根，謂其樹黨也。身寧虞瓦礫，謂墮逢吉之術而
不知；計擬掄蘭蓀，謂遂欲駕乎公之上也。短長終不較，先後竟誰論，
謂朝廷不論屈直而兩罷之也。觀侯生來慰我句，可知是慰失官，不然
詠箏無所謂慰。」〔註33〕而錢仲聯按樊、王二說與方說皆通，而從樊、
王繫年。

當時憲宗欲討淮蔡，裴度以爲可，而李逢吉卻以「師久無功，宜
宥賊罷兵」，因此與裴度意見不合而交惡。李逢吉且暗中遣人阻擋平
淮之事成功。而韓愈認爲蔡可立破，所未知者，在陛下斷與不斷耳。

〔註30〕見《繫釋》卷九，頁431所引。
〔註31〕同前註。
〔註32〕同上。
〔註33〕見《繫釋》卷九，頁431～432所引。

他主張淮西可討，與裴度意合，卻爲宰相逢吉所惡，由中書舍人貶官爲右庶子（樊汝霖所說即指此事）。後裴度因功，與元稹相次拜平章事。逢吉以裴度曾上表論元稹姦邪，令同居相位，勢必相惡，於是遣人爲元稹刺裴度，因此稹、度俱罷相位。自是逢吉寖以恩澤，結朝臣之不逞者，造作謗言，百端中傷裴度（王元啓所說謗語流言蓋指此事）。穆宗時，李紳、李德裕、元稹三人同在禁署，情意相善。後元稹罷相，出爲同州刺史，李逢吉欲用牛僧孺，懼紳與德裕沮於禁中，出德裕爲浙西刺史，用僧孺爲平章事，以紳爲御史中丞，冀離二人內職，易掎摭而逐之。逢吉又知紳剛褊，必與韓愈忿爭，以韓愈爲京兆尹，兼御史大夫放臺參。制出，紳果移牒往來論臺府事，而愈復性訐言，辭不遜，大喧物論，由是兩被罷官，愈改兵部侍郎，紳爲江西觀察使（方世舉謂李紳墮逢吉之術即指此事）。〔註34〕此詩「侯生來慰我」樊、方二人謂爲慰罷官之事，則罷官有一前一後之別，而由詩中「得時方張王」至「蛇虺首欣欣」言李逢吉挾勢植黨之惡，自較言李紳肆行樹黨爲可信，故錢氏從樊、王繫年爲是。程學恂韓詩臆說亦曰：「此詩中含譏諷無疑，注謂爲短李而作，核其情事，亦甚比肖，其或然耶？」〔註35〕諷刺李逢吉自較可信。而此詩雖爲諷刺逢吉結黨的黑暗事情，亦未嘗不是暗含韓愈個人對逢吉的私怨。

有關私人恩怨的諷刺詩，有如〈嘲魯連子〉一首：

> 魯連細而黠，有似黃鷂子。田巴兀老蒼，憐汝矜爪觜。開
> 端要驚人，雄跨吾厭矣。高拱禪鴻聲，若輆一盃水。獨稱
> 唐虞賢，顧未知之耳。

此詩方世舉以爲大抵諷刺與其相爭的李紳，〔註36〕王元啓以爲或諷刺後進之爭名者，〔註37〕錢仲聯以爲蓋亦諷刺劉叉之流耳。〔註38〕眾人所指

〔註34〕參見《舊唐書》卷一七〇〈裴度傳〉、卷一七三〈李紳傳〉、卷一六七〈李逢吉傳〉。
〔註35〕程學恂《韓詩臆說》卷二，頁 60，商務人人文庫。
〔註36〕見《繫釋》卷九，頁 453 所引。
〔註37〕同前註。

不一，但可知必針對某人而發無疑。此外如〈病鴟〉一首亦然，內容是描寫一隻曾墮入溝中遭羣童欺凌的惡鳥鴟，經過恩人救命之後，卻日與貴鳥紫鳳爲伍，而不願與卑鳥鴻鵠同戲了。一日，鴟不小心，又中了頑童彈丸，全身不能動彈。垂死之際，不忍心之恩人又將其帶回，敷療傷口，照顧食宿，無微不至。此鳥非但心無感激，整日遊則食，直到傷口復原，不告而別。主人告戒它，要它勿心存僥倖，以能再得到幫助，當記取失落的教訓，勿再重蹈覆轍。這也是針對某位忘恩負義的人而發可知。

　　諸如以上此類諷刺時政之小人，或發抒個人成見、私怨的詩不勝枚舉，深得風刺雅正之旨。吾人亦可得到一個結論：韓愈喜用極惡之鳥代表所憎之人，而用比的方式直接陳述事物表達的概念；用四時氣候、宇宙星辰、植物生長，和奇古怪事等之現象、形態，狀擬所言之事態（如〈詠雪〉、〈東方半明〉、〈苦寒〉、〈詠筝〉、〈譴瘧鬼〉、〈讀東方朔雜事〉等首），而用興及暗喻的手法，間接呈現事物的意象（如〈詠筝〉自「得時方張王」至「蛇虺首掀掀」方爲比喻逢吉挾勢植黨，苞藏姦慝之狀；起始之「竹亭人不到，新筍滿前軒」可做爲一個陳述隱喻主題的引子。故此首有興、暗喻兩種手法。由於是暗喻的性質，所以是間接的呈現意象）；用奇險風格與此類詩情配合，更加強諷刺事物的效果；可謂極盡諷諭之能事。

第三節　贈勸慰藉

　　韓愈的爲人，《舊唐書》本傳說：

　　　　愈性弘通，與人交，榮悴不易。少時與洛陽人孟郊、東郡
　　　　人張籍友善。二人名位未振，愈不避寒暑，稱薦於公卿
　　　　間，……而頗能誘屬後進，……大抵以興起名教，弘獎仁
　　　　義爲事。〔註39〕

〔註38〕同上。
〔註39〕《舊唐書》卷一六〇。

《新唐書》本傳也說：

> 愈性明銳，不詭隨。與人交，終始不少變。成就後進士，
> 往往知名。經愈指授，皆稱「韓門弟子」。〔註40〕

「稱薦公卿」、「誘厲後進」、「興起名教」、「弘獎仁義」的古道熱腸，
就是韓愈作贈勸慰藉之詩的主要因素。

唐代科舉風氣，是必須有人推薦才容易登第做官的，因此士人干
進溫卷之風很盛。韓愈考上進士，三試博學宏詞科未通過之後，深深
體會豪門勢家推薦的重要，三上宰相書，卻不被理會，而自尊心遭到
損傷，時常感嘆道：「君門不可入，勢利互相推」（〈將歸贈孟東野房
蜀客〉）、「致君豈無術，自進誠獨難」（〈齪齪〉）、「名聲荷朋友，援引
乏姻婭」（〈縣齋有懷〉）。基於自己曾遭此無人援引之苦，因此當自己
稍有微力之時，亦頗能體諒後進，給予他們信心，鼓勵他們出來應考
做官，或給予落第者安慰。當時與他往來的人，有張籍、孟郊、李翱、
皇甫湜、賈島、侯喜、劉師命、張徹、張署、盧仝、崔立之等，及一
些後輩與佛道人士，韓愈與他們皆有詩作往來。但因本節所言為贈勸
慰藉一類，因此凡寄懷之作，不在本節討論範圍內。茲將他與友朋或
他人勸贈之作，提出來討論。

韓愈給張籍的詩有多首，其中如〈此日足可惜〉的一首，內容「首
叙與籍相遇之初，中言汴州之亂，避難至徐，復與籍相見，而惜其去
也」，〔註41〕是一篇字字由心坎中流露出至情的惜別之作，可見二人
情感之深厚。若說韓詩中無性情之作，至少在此贈勸慰藉的詩裏，不
可一概而論。另有〈調張籍〉一首，曾談到李杜優劣問題。因元白以
杜甫勝於李白，〔註42〕韓愈則認為李杜光焰萬丈長，才華不相上下，
不可立分軒輊。藉著在取笑張籍與元白一起提倡社會文學之事前，首
先發抒自已的議論。

〔註40〕《新唐書》卷一七六。
〔註41〕見《繫釋》卷一，頁45，李光地榕村詩選云。
〔註42〕見白居易〈與元九書〉、元稹〈杜工部墓誌銘〉。

　　孟郊是韓愈最好的朋友，《新唐書‧孟郊傳》說：「孟郊者，字東野，湖州武康人。少隱嵩山，性介，少諧合，愈一見爲忘形交。」〔註43〕韓愈也說：「友朋之中，所敬信者，平昌孟東野。」〔註44〕二人關係如此密切，詩作來往自然最多。在孟郊德宗貞元八年落第時，韓愈曾贈他〈長安交遊者〉及〈孟生詩〉兩首，勉勵他再接再厲，出來應試。甚至憲宗元和元年，孟郊去溧陽尉之職，韓愈推薦他給鄭餘慶時，又作了〈薦士〉一首，其中歷叙漢魏詩人至唐之陳子昂、李白、杜甫，最後推讚孟郊爲繼李杜後之一人。他曾以自己和孟郊二人與李杜相提並論，如〈醉留東野〉一詩云：「昔年因讀李白、杜甫詩，長恨二人不相從。吾與東野生並世，如何復躡二字蹤？……吾願身爲雲，東野變爲龍。」由二人所作聯句詩皆驚奇鬥險，不似與他人聯句之平易可知，二人好尚奇崛奮皇的興趣相同，才力相當，自爲彼此心折的對象。此外當東野遭失子之痛，韓愈也作了一首詩來安慰他，謂「有子與無子，禍福未可原。（中略）好子雖云好，未還恩與勤。惡子不可說，鴟梟蝮蛇然。有子且無喜，無子固無歎。上聖不待教，賢聞語而遷，下愚聞語惑，雖教無由悛。（下略）」（〈孟東野失子〉）不但是孟郊學問上的益友，也是精神上的伙伴。

　　對於賈島，韓愈曾經憐惜他的才華，勸他還俗進京應舉。當他由長安返回故鄉范陽的時候，韓愈曾作了〈送無本師歸范陽〉一首詩送給他，內容大致是稱讚賈島學詩的胆力及臨別贈詩後覽的用意。

　　至於李翱，與韓愈的關係，至爲密切。除了曾從韓愈講文析道，爲其門生之外，也是韓愈的女婿。在憲宗元和四年，李翱受命佐嶺南尚書之府，赴廣州的時候，韓愈作了一首詩送他，說：「廣州萬里途，山重江逶迤。行行何時到，誰能定歸期？揖我出門去，顏色異恒時。雖云有追送，足跡絕自茲。人生一世間，不自張與施。譬如浮江木，

〔註43〕同註40。
〔註44〕〈答楊子書〉，《昌黎文集》，頁85。

縱橫豈自知。寧懷別後苦，勿作別後思。」(〈送李翱〉)儼然一幅慈父諄諄叮嚀臨別遊子路遠保重的圖畫，使人覺得深情無限。

至於盧仝，約小韓愈二十二歲，不仕的操持，令韓愈尤其欣賞，曾受韓愈生活上的幫助。盧仝和韓愈同有怪詩的愛好。韓愈曾有寄盧仝一詩予他，詩中對他的生活、遭遇、個性、操持非常了解和讚賞。

皇甫湜曾師事韓愈，和李翱同爲韓門弟子之一，他的詩文是得到韓愈難處之秘訣，而加以發揮的。韓愈曾有〈讀皇甫湜公安園池詩書其後二首〉詩予他，勉勵他及時進業，無復流連光景，費無益之心思。〔註45〕

此外韓愈與其他之人往來，也都有贈送之作。如〈送侯喜〉、〈杏園送張徹侍御〉、〈送侯參謀赴河中幕〉、〈送石處士赴河陽幕〉、〈送鄭十校理〉、〈天星送楊凝郎中賀正〉、〈送陸歙州〉詩等，雖爲送別之作，但觀韓愈所送者，皆爲遠官他適者，頗有勉勵之意，不應以普通應酬之作視之。

韓愈自己雖熱中功名，但對其他有高成就的人，也能爲他們高興；不如意的人，也能加以慰勉，眞所謂「頗能誘厲後進是也」。這點可由韓愈鼓勵別人出來應試的詩，以及別人中試或落第之賀勉及慰藉的詩中，看得更清楚。如〈勸唐衢〉一首云：

　　虎有爪兮牛有角，虎可搏兮牛可觸。
　　奈何君獨抱奇材，手把鉏犂餓空谷。
　　當今天子急賢良，匭函朝出開明光。
　　胡不上書自薦達，坐令四海如虞唐。

〈送進士劉師服東歸〉云：

　　猛虎落檻穽，坐食如孤豚。丈夫在富貴，豈必守一門？
　　公心有勇氣，公口有直言。奈何任埋沒，不自求騰軒。
　　僕本亦進士，頗嘗究根源。由來骨鯁材，喜被軟弱吞。

低頭受侮笑，隱忍砰兀冤。泥雨城東路，夏槐作雲屯。

還家雖關短，指日親晨飧。攜持令名歸，自足貽家尊。

時節不可翫，親交可攀援。勉來取金紫，勿久休中園。

在前一首裏，鼓勵唐衢應試；在後一首裏，韓愈更把自己求仕不順的經驗告訴劉師服，增加他出來應試的勇氣。可是當劉師服落第而歸的時候，韓愈又作了一首詩送給他：

士生爲名累，有似魚中鉤。齎財入市賣，貴者恒難售。

豈不畏顛頓，爲功忌中休。勉哉耘其業，以待歲晚收。

（〈送劉師服〉）

告訴他求名之士，雖像中了鉤的魚一樣痛苦，但是也不必氣餒，應當努力學業，再求取功名。至於別人中試及第，韓愈也會作詩送他，如燕河南府秀才云：

（上略）

昨聞詔書下，權公作邦楨。文人得其職，文道當大行。

陰風攪短日，冷雨澀不晴。勉哉戒徒馭，家國遲子榮。

勉勵他在陰風冷雨的黑暗政治環境裏，勿受小人支使，當以家國爲念，而家國將以他爲榮。

自古功名與利祿是分不開的。韓愈除了勸勉別人求取功名之外，教導自己的子姪，自亦不忘以功名利祿爲誘餌。如〈示兒〉一首云：

始我來京師，止攜一束書。辛勤三十年，以有此屋廬⋯⋯

嗟我不修飾，事與庸人俱，安能坐如此，比肩於朝儒。詩

以示兒曹，其無迷厥初。

首先叙述此屋得來不易，其次叙述此屋內外景色，和屋中往來者皆達官顯要，最後告訴兒曹，讀書才有此成果。又有符讀書城南一首，勉勵兒符，勤讀詩書，否則長大之後，有卒相之別。這種讀書求仕的心理，在唐代的科舉社會裏，非韓愈一人所有，而是一般家長都是如此期望子女的。例如〈寄崔二十六立之〉一首裏，韓愈描繪旁人對一個中試考生之嫉妒羨慕的各種表現態度說道：

童稚見稱說，祝身得如斯。儕輩妒且熱，喘如竹筒吹。老

　　　婦願嫁女，約不論財貨。老翁不量分，累月答其兒。

把童稚的讚喜、同學的嫉妒、老婦的巴結、老翁的怒子之心態，刻
畫得無微不至。與現代父母鼓勵子女考大學的心情；與一個考上第
一志願醫科學生，除了令人羨慕稱讚之外，還可以坐享幾百萬陪嫁
的女婿之情形，並無二致。這種唯有中試，父母才有顏面的心理，
可謂古同今心，今同古理啊！所以韓愈又說：「攜持令名歸，自足貽
家尊。」不當引以為他人格上的缺憾。〔註46〕因此當有人喜歡讀書
而往他處求學之時，韓愈必很高興的鼓勵他。如〈送諸葛覺往隨州
讀書〉一首云：

　　（上略）

　　　今子從之游，學問得所欲。入海觀龍魚，矯翩逐黃鵠。

　　　勉為新詩章，月寄三四幅。

　　唐代佛教盛行，佛道之士可免賦役。於是不法之徒，惰於生產，
相率入寺為僧，以致國家稅收減少，民生凋敝。韓愈除了是秉持儒家
衛道的精神，也是為了優待佛道之士所造成弊害的政治因素，因此排
斥佛道不遺餘力。如他說：

　　　故學者必慎其所道，道於楊、墨、老、莊、佛之學，而欲
　　　之聖人之道，猶航斷港絕潢以望至於海也。故求觀聖人之
　　　道，必自孟子始。〔註47〕

　　　己之道乃夫子、孟軻、揚雄所傳之道也。〔註48〕

　　　僕自得聖人之道而誦之，排前二家有年矣。〔註49〕

〈送靈師〉說：

　　　佛法入中國，爾來六百年。齊民逃賦役，高士著幽禪。官
　　　吏不之制，紛紛聽其然。耕桑日失隸，朝署時遺賢。

〔註46〕 如《繫釋》卷九，頁420，胡仔《苕溪漁隱叢話》所引東坡對韓愈利
　　　　 祿示子頗不以為然。
〔註47〕 〈送王秀才序〉，《昌黎文集》，頁151。
〔註48〕 〈重答張籍書〉，《昌黎文集》，頁79。
〔註49〕 〈答張籍書〉，《昌黎文集》，頁77。

排斥佛道之因，顯而易見。此外韓愈絕對相信神仙爲妄說，也是排斥原因之一。如他說：

> 神仙有無何眇芒，桃源之說誠荒唐。（〈桃源圖〉）

> 神仙雖然有傳說，知者盡知其妄矣。（〈誰氏子〉）

> 皆云神仙事，灼灼信可傳。（〈謝自然詩〉）

但是文人與佛道人士往來，是唐代社會的風氣。韓愈雖爲儒家或政治因素反對佛道教，但在私人交情上，卻不拒絕與有學問、思想，或能詩文的佛道人士往來，而且受其影響很深，自然不乏許多與其往來之詩。如〈送惠師〉、〈送靈師〉、〈送僧澄觀〉、〈送文暢師北游〉、〈別盈上人〉、〈廣宣上人頻見過〉、〈和歸工部送僧約〉、〈送張道士〉等首，雖大都爲臨別贈送之作，但詩中卻流露他們至好的交情。如程學恂《韓詩臆說》曰：「諸贈僧詩，於澄觀取其經營之才，於惠師取其好遊，於靈師取其能文，於文暢取其多得，搢紳先生歌詠，皆非以僧取之也。」〔註50〕甚至有希望他們歸化世俗的本意。如〈送惠師〉云：

> 吾言子當去，子道非吾遵，江魚不池活，野鳥難籠馴。
> 吾非西方教，憐子狂且醇；吾嫉惰游者，憐子愚且諄。
> 去矣各異趣，何爲浪霑巾？

〈送靈師〉云：

> 材調眞可惜，朱丹在磨研。方將斂之道，且欲冠其顚。

〈送僧澄觀〉云：

> 又言澄觀乃詩人，一座競吟詩句新。
> 向風長歎不可見，我欲收斂加冠巾。

可見韓愈時時不忘「興起名教、弘獎仁義」的用心。

第四節　摹詠景物

韓愈詩，如前面三節所敍之諷刺、感懷、贈慰，都含有諷怨教的

〔註50〕程學恂《韓詩臆說》卷一，頁20，商務人人文庫。

具體主題，但是在這些嚴肅的題材之下，韓愈也有一類較爲輕鬆的作品，於奇詭雄險之外，化解了韓愈道貌岸然的情表，平添了韓詩的風貌，這些就是摹詠景物詩，簡稱爲詠物詩。

　　試觀這一類詩題，如：〈奉和虢州劉給事使君三堂二十一詠〉（新亭、流水、竹洞、月臺、渚亭、竹溪、北湖、花島、柳溪、西山、竹逕、荷池、稻畦、柳巷、花源、北樓、鏡潭、孤嶼、方橋、梯橋、月池）、〈題張十一旅舍三詠〉（榴花、井、蒲萄）、〈奉和武相公鎭蜀時詠宅韋太尉所養孔雀〉、〈河南令池舍臺〉、〈詠燈花同侯十一〉、〈早春與張十八博士籍遊楊尚書林亭第三閣老兼呈馮白二閣老〉、〈和崔舍人詠月二十韻〉、〈戲題牡丹〉、〈喜雪獻裴尚書〉、〈和武相公早春聞鶯〉、〈和裴僕射假山十一韻〉、以及〈芍藥〉、〈春雪〉、〈春雪間早梅〉、〈新竹〉、〈木芙蓉〉、〈盆池〉等，可知詠物詩的由來多爲奉和、應酬之作；詠物詩的題材，大都不離苑池中之竹草花木、山光水色，以及時序節變之產物和景象。大都是韓愈仕途較得意時的作品，自然感懷、諷刺一掃而空。例如〈春雪間早梅〉一首：

> 梅將雪共春，彩艷不相因。逐吹能爭密，排枝巧妒新。誰
> 令香滿座，獨使淨無塵。芳意饒呈瑞，寒光助照人。玲瓏
> 開已徧，點綴坐來頻。那是俱疑似，須知兩逼眞。熒煌初
> 亂眼，浩蕩忽迷神。未許瓊華比，從將玉樹親。先期迎獻
> 歲，更伴占茲辰。願得長輝映，輕微敢自珍。

此段文字裏，一至四句描寫隨著春雪降臨而出現於枝頭上的梅，與雪比艷、爭密、妒新。五至八句則寫梅的清香四溢，使得在寒光照人、淨而無塵的雪中，獨呈現祥瑞之氣。九至十二句描寫玲瓏的梅花開遍枝頭，飄落的花瓣點綴在雪上，似與雪般逼眞，難以分別。十三至十六句則寫雪的熒煌亂眼、浩蕩迷神，不許瓊華開放與梅相比，只得玉樹與梅親近。最後十七至二十句寫迎梅獻歲，共伴度此佳美時辰，願得常相輝映，不自輕微而自珍重。全詩之中，以雪爲主，襯托出梅在雪中的姿態。此種梅雪交錯的景象，的確使人有耀眼之感。方回《瀛

奎律髓》以爲韓愈是大才，文與六經相表裏，史漢並肩而驅，平常所
作都是奇險長篇，至如詠物此類小詩題，必有同賦者，方肯束大才於
小詩之間；〔註51〕紀昀也認爲韓愈古詩橫絕一代，律詩則非所長，而
與人試帖刻畫，更非所長：〔註52〕皆以韓愈此詩爲應和之作，非其所
長。而此詩確爲單純的詠物之作，毫無內容興寄可言。此種單詠物之
形態，是韓愈詠物的一貫手法。如〈新竹〉一首：

> 筍添南堦竹，日日成清閟。縹節已儲霜，黃苞猶揫翠。出
> 欄抽五六，當戶羅三四。高標陵秋嚴，貞色奪春媚。稀生
> 巧補林，併出疑爭地。縱橫乍依行，爛漫忽無次。風枝未
> 飄吹，露粉先涵淚。何人可攜玩？清景空瞪視。

完全站在客觀立場，純就竹初生之情形描寫：由竹添筍，筍生竹，到
成長的竹，其高可與秋天鬥嚴，其色可與春天爭媚；在稀生的林中，
迸生不斷，縱橫蔓行，爛漫無次，是巧妙的補林方法。最後寫到風未
飄次的竹枝上，沾滿了新生的露水，使得清景無限，不攜玩可惜。此
種毫不參與自己的情感，而與物我合一的境界，就是王國維所說的「無
我之境」。雖然極其神貌寫物，則仍然是以物寫物，而非以我觀物。
另如〈喜雪獻裴尚書〉一首，極盡摹詠雪的動態；〈南山詩〉一首，
鋪排山勢，虛摹景物的雄奇縱恣；都是韓愈標準詠物詩的代表作。由
於酷似描摹景物的生態，而無情感與之交融，往往顯得一首詩單調乏
味。因此黃永武《中國詩學》說：

> 詩的內涵不外情景二事，而舉凡宇宙間的時空情理，都可
> 以概括在情景中。一首成功的詩，它在情景的調配上，一
> 定非常留心。景物儘管五光十色，一味去摹景寫物，會覺
> 得板滯入實；情懷縱使千頭萬緒，一味去抒情寄慨，也會
> 覺得虛玄空泛。所以單寫景、單寫情，都不容易產生具體
> 而生動的景象。但如將感情引導入景物，由於借景寓情，
> 情景相生，景因情而氣韻生動，情因景而曼衍悠揚，則每

〔註51〕見《繫釋》卷四，頁161所引。
〔註52〕同前註。

　　　　每在筆墨之外縈繞著許多意趣。〔註53〕

韓愈雖有才力，以其矯健之筆，極盡寫物，卻由於無情感之流露，因
此常使詩歌落實入滯，具體而不生動。或一味去抒達怨諷之情，而無
景色與之調配，得以寄託，產生移情作用，含蓄地表達，因此常使詩
歌怨聲載道。此二情況，皆使人覺得韓愈無優美的性情，詩中無詩情，
所謂詩只不過是言語、文章罷了，毫無意趣，因此所得的評價也就是
「淺鄙」、「無甚風致」而已。

　　不過，不可否認地，韓愈著實善於描寫，尤其是動態的描寫，除
了以上所舉數首之外，如〈雉帶箭〉一首：

　　　原頭火燒靜兀兀，野雉畏鷹出復沒，將軍欲以巧伏人，盤
　　　馬彎弓惜不發。地形漸窄觀者多，雉驚弓滿勁箭加，衝人
　　　決起百餘尺，紅翎白鏃隨傾斜。將軍仰笑軍吏賀，五色離
　　　披馬前墮。

野雉出沒之處的景色、將軍備箭待發的姿態、四周緊張的氣氛，以及霎
那間雉箭齊落，將軍們祝賀的笑聲：全盤由韓愈寫來，使得觀者亦為之
心情收緊，摒息以待；最後，方得鬆氣。《唐宋詩醇》讚美此詩之妙曰：

　　　篇幅有限，而盤屈跳盪，生氣遠出，故是神筆。〔註54〕

汪琬亦曰：

　　　短幅中有龍跳虎臥之觀。〔註55〕

朱彝尊亦曰：

　　　句句實境，寫來絕妙，是昌黎極得意詩，亦正是昌黎本色。
　　　〔註56〕

樊汝霖亦曰：

　　　此詩佐張僕射於徐從獵而作也。讀之其狀如在目前，蓋寫
　　　物之妙者。〔註57〕

〔註53〕黃永武《中國詩學・設計篇》，頁223，巨流圖書公司。
〔註54〕《唐宋詩醇》卷二十七，頁825。
〔註55〕見《繫釋》卷一，頁54所引。
〔註56〕同上。
〔註57〕見《繫釋》卷一，頁53所引。

另如〈汴泗交流贈張僕射〉中的一段，描寫得亦相當精彩，不亞於此。
如：

> 球驚杖奮合且離，紅牛纓紱黃金羈，
>
> 側身轉臂著馬腹，霹靂應手神珠馳。

擊毬的動作，極其神速敏捷，如觀者親歷其境。因此張鴻說：

> 描寫射雉，與汴泗交流之描寫擊毬，同樣工巧。〔註58〕
>
> 描寫擊毬之形狀，此公擅長處也。〔註59〕

莫不予以至評。又如〈貞女峽〉一首：

> 江盤峽束春湍豪，雷風戰鬥魚龍逃。
>
> 懸流轟轟射水府，一瀉百里翻雲濤。
>
> 漂船擺石萬瓦裂，咫尺性命輕鴻毛。

描寫貞女峽的水勢磅礴，狀溢目前。諸如以上這些動態的描寫，可以表現韓愈早年剛毅的個性。韓愈體察景物之風神入細入微，極其神似，頗能令人有身歷其境之感，這不得不歸功於他的才力。因此程學恂曾說：

> 公諸匠物詩，每以神而不以象，多有歐蘇不能到處。〔註60〕

這種善於動態描寫之神似的筆力和方式，可爲韓愈詠物別於其他詩人之處。

　　韓愈晚年，由於歷經人世，性情漸趨婉和之故，詠物較偏靜態的描寫。由於是靜態，令人有怡然恬適之感，在韓詩之中，別屬清麗風格一派，是韓詩之中難見的風貌。如〈早春呈水部張十八員外〉一首：

> 天街小雨潤如酥，草色遙看近卻無。
>
> 最是一年春好處，絕勝烟柳滿皇都。

也許比不上王維、杜甫等善於詠景詩人的意境，但此摹景境界的開潤，自比前面專詠一事一物的境界高明多了。雨後的街道、遙際的草色、滿城的烟柳，襯托出春季溫馨的氣息，令人心脾如怡。看過韓愈

〔註58〕同註55。
〔註59〕見《繫釋》卷一，頁50注中所引。
〔註60〕程學恂《韓詩臆說》卷二，頁33，商務人人文庫。

奇詭雄奇、感懷諷刺，毫無詩意的長篇巨作之後，突然發現這些清麗
可喜的詠景小詩，便會分外覺得欣喜，而視如異寶。後人對此詩頗有
好評，如朱彝尊說：

> 景絕妙，寫得亦絕妙。〔註61〕

以下再舉數首詠景小詩，可與此首比照而觀：

> 藹藹溪流慢，梢梢岸篠長。穿沙碧蘚淨，落水紫苞香。(〈竹
> 溪〉)

> 蜂蝶去紛紛，香風隔岸聞。欲知花島處，水上覓紅雲。(〈花
> 島〉)

> 五月榴花照眼明，枝間時見子初成。可憐此地無車馬，顛
> 倒青苔落絳英。(〈榴花〉)

這些清麗的詠物之作，經過閒情逸致的心靈雨露滋潤之後，已經變得
婉轉而有風致多了。晚年的韓愈，經歷宦海的波濤，心情的起伏已成
過眼雲烟。無甚精力再作長篇奇險古詩。他曾說「老懶無鬥心，久不
事鉛槧」(〈送無本師歸范陽〉)；老懶無鬥心，因此久不作文章，自然
驚奇謗衆的奇險詩相對減少了。故從元和間韓愈由江陵返回京師以
後，是韓詩風格漸趨轉變的捩點，詠物之作亦由無性情的單摹物態轉
至有性情的欣賞物態之描寫。如〈戲題牡丹〉一首；

> 幸自同開俱隱約，何須相倚鬥輕盈。陵晨併作新妝面，對
> 客偏含不語情。雙燕無機還拂掠，游蜂多思正經營。長年
> 是事皆拋盡，今日欄邊暫眼明。

站立欄邊，拋盡長年是事，觀賞獨待賞花客脈脈含情而雙燕及游蜂卻
不得一親芳澤之含苞待放的牡丹，此種雅興，是年輕的韓愈所未有
的。寫牡丹，不泥著牡丹正面描寫，卻由遊客、雙燕、游蜂的側面描
寫起，而風致極妙。詩句無意求工，而自然清輕流麗，是以前酷意描
寫物態的韓愈所意想不到的結果。但韓愈早年於江陵所作的一首〈杏
花〉可爲例外：

〔註61〕見《繫釋》卷一二，頁557所引。

居鄰北郭古寺空，杏花兩株能白紅。曲江滿園不可到，看
此寧避雨與風。二年流竄出嶺外，所見草木多異同。冬寒
不嚴地恒泄，陽氣發亂無全功。浮花浪蕊鎮長有，纔開還
落瘴霧中。山榴躑躅少意思，照耀黃紫徒爲叢。鵰鵠鈎輈
轅叫歇，杳杳深谷攢青楓。豈知此樹一來歡，若在京國情
何窮？今日胡爲忽惆悵？萬片飄泊隨西東。明年更發應更
好，道人莫忘鄰家翁。

由看到古寺杏花，連想到這兩年流竄在外，思歸京國，而觸目所至，
浮花浪蕊皆是蠻鄉風景。若在京國，曲江滿園的杏花情景無限，何
似於此做客的的兩枝杏花之孤獨呢？看著杏花，忽然惆悵起來，但
願杏花隨著風兒飄泊西東，明年有個更好開花的落腳之處，到時可
別忘了告訴鄰家的老翁我哦！全詩由杏花起興，寫到自己羈旅在外
的感觸，最後歸結到與自己有相同命運的杏花。全篇之中，以杏花
寄託感慨，卻沒有半句粘著杏花，全是寫情，這種情景一致，借景
喻情，情景不分之法的詠物詩，自然是韓愈詠物的上乘之作，也是
早年別於惟詠物態，而無情感的應酬之作，格外特殊的一首，不亞
於〈牡丹〉這首的寫法。此詩把年輕時失落的抱負和志願之感慨，
隱約流露在羈旅的感觸之中；與忘卻世事，以閒散逸致的心情，觀
賞牡丹所表現出充澹和平的意境，完全不同。這種和平的心境也是
早年的韓愈所沒有的。

　　有移情作用的詩，自比純賦物詠景來得生動有致。韓愈晚年較富
有性情，甚至送別之詩已不似從前直敘事物，而能引情入景了。如〈送
李六協律歸荊南〉一首云：

早日羈游所，春風送客歸。柳花還漠漠，江燕正飛飛。歌
舞知誰在？賓僚逐使非。宋亭池水綠，莫忘蹋芳菲。

在美好季節的春風裏，送客歸去，路旁的柳花漠漠，江上的燕子飛飛，
不知此去之後，舊時同僚是否隨主人一去而更換了？子去荊南，宋玉
亭邊的池水也綠了，莫忘去踏踏芳菲，欣賞春色。把送別之情轉移到
路旁和荊南的景物之上，可避免臨別的依戀之情，及無話題的沉默。

因此，此雖爲一首送別之作，但亦可以一首喻情的詠景詩觀之。這種情因景顯得曼衍悠揚，不落玄虛空泛的詩，自比單詠情詠物來得有意趣多了。可見韓愈作詩的觀念、心情、竟境、技巧，一直是在轉變的。

第四章　韓詩的特色

第一節　押　韻

　　韻有如竹中節，是詩句的停頓處，它不但可以譜成一首詩諧和的音律，也可以輔助詩中的情節，表達其中的意境。韓愈詩以奇險著名，而造成奇險的詩風，則必須藉著險韻以增強氣勢，因此這種押險韻的方式，即成了他獨步千古，今昔無雙的特色，也成了後人集中批評的焦點。如張戒《歲寒堂詩話》云：

　　　　以押韻爲工，始於韓退之，而極於蘇、黃。〔註1〕

王士禎《師友詩傳續錄》亦云：

　　　　善押強韻，莫如韓退之，卻無一字無出處也。〔註2〕

只提出韓愈善於押韻。然而由下列批評當中，可發現別人對險韻、狹韻的押韻方式並不太欣賞。如王夫之《薑齋詩話》說：

　　　　若韓退之以險韻、奇字、古句、方言矜其餖飣之巧，巧誠
　　　　巧矣，而於心情興會，一無所涉，適可爲酒令而已。〔註3〕

袁枚《隨園詩話》說：

〔註1〕　《歲寒堂詩話》卷上，《續歷代詩話》中冊，藝文印書館。
〔註2〕　《清詩話》，頁159。
〔註3〕　《薑齋詩話》卷下，《清詩話》，頁14。

　　昌黎鬥險，掇唐韻而拉雜砌之。〔註4〕

孔毅夫詩話說：

　　退之好押狹韻累句以示工，而不知重疊用韻之爲病。〔註5〕

至於作險詩的動機如何，已於韓愈作詩態度一節中敍述過。由於險韻、狹韻中的字少又生僻，作古詩嚴格時又不可出韻，〔註6〕要在僅有的韻字旁當中，找尋適合押韻的字，實在不易，因此難免重疊用韻，或與同聲偏旁字押韻。例如雙鳥詩押二個州字，二個秋字，二個頭字；此日足可惜押二個光字；書皇甫湜公安園池詩押二個閒字；和盧郎中送盤谷子押二個行字。孔毅夫以此重疊用韻爲病，但王力以爲古詩或柏梁體聯句到後來都不避重韻的，〔註7〕應不爲病。而且仔細觀察韓愈用的重韻字，意義往往也不同。如〈陸渾山火〉之句：

　　祝融告休酌卑尊，錯陳齊玫闢華園。
　　豆登五山瀛四尊，熙熙醹醽笑語言。

上「尊」是尊卑的「尊」，下「尊」同「樽」。又〈送區弘南歸〉一首之句：

　　野有象犀水貝璣，分散百寶人士稀。
　　我遷於南日周圍，來見者衆莫依稀。
　　朝暮盤羞惻庭闈，幽房無人感伊威。
　　況今天子鋪德威，蔽能者誅薦受譏。

上「稀」是稀少的「稀」，下「稀」是依稀的「稀」。上「威」是「伊威」，蟲名；下「威」是威信的「威」。〔註8〕可見韓愈選韻用韻之別具匠心，即使使用同韻，也必使其意義不同。

　　至於與同聲偏旁字爲韻，韓詩中屢見不鮮。如〈贈張十八〉一首，全詩二十二韻用江韻，其中扛、江、缸、釭、肛、腔皆從工聲。〈送

〔註4〕 《隨園詩話》卷六，《古今詩話叢編》，廣文書局。
〔註5〕 《繫釋》卷一○，頁478注中所引。
〔註6〕 見洪氏出版社《詩詞曲作法講話》，頁316。
〔註7〕 同上，頁504、505。
〔註8〕 此所舉二例乃參考同註6《詩詞曲作法講話》一書，頁504所舉韻字同義不同之例。

文暢師北游〉，全詩三十韻用月韻，其中謁、喝、歇、揭、羯皆從曷聲，而蠍又從歇聲；闕、蹶、厥、橛、鱖、蟨皆從厥聲。〈苦寒〉一首用塩韻，其中兼、謙、鎌、嫌、簾、廉皆從兼聲。〈答張徹〉一首用青韻，其中聆、齡、泠、舲、鈴、玲、蛉、囹、零、鴒皆從令聲；霆、庭、筳、廷皆從廷聲；冥、溟、螟、莫皆從冥聲。諸如此類，是韓詩韻腳上一個很特別的現象。俞瑒批評此種用險韻方式說：

　　公諸長篇用險韻，都不傍借，正所謂因難見巧。〔註9〕

讓險韻散布在長篇體制中，韻字自更不敷使用，因此運用同部中之同聲偏旁字或同字互相押韻，非常可能。但由於其音義相近，如何妥帖安排運用，才能臻於巧妙，不露痕迹，實在很困難，誠俞瑒所謂「因難見巧」也。歐陽修形容韓愈使險的巧妙表現手法也說道：

　　得韻窄，則不復傍出，而因難見巧，愈險愈奇，……譬如
　　善馭良馬者，……至於水曲蟻封，疾徐中節，而不少蹉跌，
　　乃天下之至工也。〔註10〕

可謂語適其妙。《唐宋詩醇》對此不易的手法亦稱道：

　　於此見長篇險韻，定須慘淡經營，不可恃才鹵莽也。〔註11〕

吳可也說：

　　和平常韻要奇特押之，則不與衆人同；如險韻，當要穩順
　　押之方妙。〔註12〕

黃子雲也說：

　　叶韻毋論險易，貴推擠不動。易者尚新，險者尚穩。〔註13〕

皆以險韻要押得穩才妙。但因險韻字大都是生僻字，要做到工穩妥帖，而無雕琢之迹，非常不易。因此何焯批評其詩曰：

　　未免以好用險韻減其自然之美。〔註14〕

〔註 9〕見《繫釋》卷五，頁259。
〔註10〕《六一詩話》，《歷代詩話》第五冊，藝文印書館。
〔註11〕《唐宋詩醇》卷三〇，頁860，中華書局。
〔註12〕《藏海詩話》一卷，《續歷代詩話》上冊，藝文印書館。
〔註13〕《野鴻詩的》，《清詩話》，頁855。
〔註14〕朱彝尊、何焯評昌黎先生詩集注卷二，頁169，學生書局。

　　韓愈是個具有大才的人，而一般有才氣者，往往如李白一樣，不肯受格律的束縛，豈肯僅於此韻腳處斤斤鬥險？但若知韓愈集中精力作奇險詩，便會發現一韻到底的險韻詩，在韓詩之中不足爲奇，反倒是於韻無所拘檢的詩歌爲少見多怪了。吾人由韓愈以文爲詩，作古體詩多於近體詩可知，他是不太講究詩情與格律的，因此作詩如作文，終於所不可不止，於是韻腳之必得停頓處，反而成了累贅。而韓愈自有他巧妙的辦法，此時完全採用寬韻，或數韻可通之合韻，或再三轉韻，儘量避免韻腳的拘束，使得一氣呵成。此種情形看幾首似文的詩即可明白。如〈此日足可惜〉一首，用東、鍾、江、陽、唐、耕、清、青八韻合韻；〔註15〕〈孟東野失子〉一首，用眞、諄、欣、元、魂、寒、刪、山、先、仙十韻合韻；〈元和聖德詩〉一首，用語、麌、姥、哿、果、馬、有、厚、黝九韻合韻：諸首所合韻數之多，可謂龐大。但如此一來，作詩則覺寬敞多了。歐陽修形容這種寬韻的筆法說：

> 蓋其得韻寬，則波瀾橫溢，泛入傍韻，乍還乍離，出入迴
> 合，殆不可拘以常格，……譬如善馭良馬者，通衢廣陌，
> 縱橫馳逐，惟意所之。〔註16〕

「得韻寬則波瀾橫溢，泛入旁韻，乍還乍離，出入迴合」，即指通韻而言。但仔細觀察韓愈數韻合用之情形，有些是不合於廣韻通用的原則，其中原因如王氏《詩詞曲作法講話》：

> 古風之用本韻，顯然是規規矩矩地依照韻書。至於用通韻
> 的古風，並不純然因爲取其韻寬，少受拘束，可能地還有
> 一種仿古的心理。古韻和唐韻不同，這是語音的實際演變；
> 唐朝的詩人不明此理，以爲古今的韻部是一樣的，於是誤
> 會古人某字與某字押韻爲鄰韻通押，而他們也想模仿古人
> 用起通韻來。〔註17〕

韓愈作詩用合韻，雖爲行文方便；但作古體詩，模仿古人通韻，而不

〔註15〕此及以下所說之韻目，係根據段醒民《韓愈詩用韻考》所分。
〔註16〕同註10。
〔註17〕王氏《詩詞曲作法講話》，頁331，洪氏出版社。

明白古今語音的演變，自然難免。即如前面所舉合韻三例，即與廣韻
合用之例不同。因此一般人批評韓愈以文為詩，除著重在詩的文氣、
句法和字法方面，韻腳也是不可忽視之處。而事實上，**轉韻**更能看出
韓愈縱橫翰墨之無拘無檢。如〈送僧澄觀〉一首：

浮屠西來何施為？擾擾四海爭奔馳。

構樓架閣切星漢，誇雄鬥麗止者誰？

僧伽後出淮泗上，勢到眾佛尤恢奇。

越商胡賈脫身罪，珪璧滿船寧計資。（支脂合韻）

清淮無波平如席，欄柱傾扶半天赤，

火燒水轉掃地空，突兀便高三百尺。

影沉潭底龍驚遁，當畫無雲跨虛碧。

借問經營本何人？道人澄觀名籍籍。（昔韻）

愈昔從軍大梁下，往來滿屋賢豪者，（馬韻）

皆言澄觀雖僧徒，公才吏用當今無。（虞模合韻）

後從徐州辟書至，紛紛過客何由記？（至志合韻）

又言澄觀乃詩人，一座競吟詩句新。

向風長歎不可見，我欲收斂加冠巾，（昔韻）

洛陽窮秋厭窮獨，丁丁啄門疑啄木，（屋韻）

有僧來訪呼使前，伏犀插腦高頻權。

惜哉已老無所及，坐睨神骨空潸然。（先仙合韻）

臨淮太守初到郡，遠遣州民送音問。（問韻）

好奇賞俊直難逢，去去爲致思從容。(鍾韻)

全詩如文一般，毫無詩意。由於古體詩不限轉韻次數，韓愈此首三十六
句的詩，共轉韻十次，而且在頻頻轉韻之中兼用合韻，更擴大了韻腳範
圍，供其驅使文筆。但此類轉韻以七古爲多，如贈侯喜一首亦是，三十
句中，轉韻五次。然而綜觀韓詩，畢竟轉韻詩爲少，不轉韻詩爲多，換
句話說，即韓愈喜歡鬥險，常一韻到底。因此沈德潛《說詩晬語》說：

> 一韻到底者，必須鏗金鏘石，一片宮商，稍混律句，便成
> 弱調也。不轉韻者，李、杜十之一二，韓昌黎十之八九。
> 後歐、蘇諸公，皆以韓爲宗。〔註18〕

完全針對韓愈古詩而發，此經後人統計，確爲其實。〔註19〕而一韻到
底的工夫完全在於筆力，如葉燮《原詩》說：

> 若終篇一韻，全在筆力能舉之，藏直紓於縱橫中，旣不患錯
> 亂，又不覺其平蕪，似較轉韻差易。韓之才無所不可，而爲
> 此者，避虛而走實，任力而不任巧，實啓其易也。〔註20〕

韓愈有意於此，集中畢生精力作險韻詩，以開拓盛唐無以繼之的詩
格，於中國詩史上未嘗不是一樁創舉，也因此一韻到底的七古到韓愈
以後方漸流行。〔註21〕

韻腳與詩情配合非常重要。有適當的韻腳，詩情能藉其聲之美而
得以彰顯，使聲情合一，臻於妙境。因此詩人對韻腳的選擇非常愼重，
往往有其匠心獨運之處。韓愈雖喜作雄險詩，然其韻腳也必配合詩之
內容的。如苦寒一首，描寫天寒地凍，宇宙、日月、草木爲之失調；
鳥獸或僵或死，人類不堪其苦的情狀。實暗喻小人得勢，如天爲寒氣

〔註18〕《說詩晬語》卷上，《清詩話》，頁537。
〔註19〕段醒民《韓愈詩用韻考》，頁97云：「按昌黎古詩二百一十首，轉韻
　　　者：五古七首、七古十六首、四言三首、雜言歌行十三首，都凡三
　　　十有九，約當古詩百分之十四弱：其不轉韻者一百七十一首，約當
　　　百分之八十六，所謂十之八九正符其實，沈說是也。」
〔註20〕《原詩》卷四外篇下，《清詩話》，頁608。
〔註21〕同註17，頁358。

所籠罩，當貶黜小人，進用賢人，如生風以吹死氣。而此詩用的是帶有鼻音Ｉｍ韻尾的塩（添）韻，屬於陽聲字，首先即令人有沈頓的感覺。其次，在寒冷蕭瑟的天氣裏，言辭由齒縫之間迸出來，用兼、尖、殲、謙等尖細破裂的牙、齒音之發聲字，適足加強此詩瑟縮的情狀與聲響效果，使人更易體會其中的境界。詩中有所諷刺，則通篇用險；詩情怪異，用韻也怪：此爲韓詩用韻之慣例。

又如〈岳陽樓別竇司直〉一首，全詩可分爲十個段落。第一段形容衆水滙注洞庭湖的壯觀聲勢。第二段形容洞庭湖水的波濤洶湧。第三段寫天地四周的景色，彷彿鬼神擧行樂會，埋下陳述己志的前奏。第四段寫自陽山赴江陵途經宜春、巴陵朝晩的景色。第五段寫岳陽樓上日出及水面的景色，幽懷得以舒暢。第六段寫主人孩童的款待之情令人難忘。第七段寫憤恨自己忠忱得禍。第八段寫小人作威作福，忠臣懼失。第九段寫由貶至歸，憤恨之情難平。第十段寫己欲掛冠歸耕。無論是描繪洞庭湖水的壯觀聲勢、江面海天遼闊的景色、個人惆悵的心境、氣憤塡膺的胸懷，用有壯闊之意的陽韻，正可以表現一種宏大的景界與胸懷；而用「激厲勁遠」的去聲，則更使得整首詩顯得穩重粗放，氣勢磅礴，而令人有雄壯的感覺。屬於韓詩中雄壯風格的一派。因此施補華《峴傭說詩》云：「岳陽樓別竇司直一首最雄放。」〔註22〕

第二節　用　典

用典是文學的寫作方法之一，大多數詩人均深好此道。韓愈熟讀群籍，胸羅萬有，因此作起詩來，意與事合，情與景會，恰當的典故，減少了文字上的累贅，含蓄地表達自己的感情。誠如黃子雲《野鴻詩的》云：

> 自漢以迄中唐，詩家引用典故，多本之於經、傳、史、漢，
> 事事灼然易曉；下逮溫、李，力不能運清眞之氣，又度無

〔註22〕《峴傭說詩》，《清詩話》，頁982。

以取勝，專搜漢、魏諸秘書，括其事之冷寂而罕見者，不論其義之當與否，擒剝填綴於詩中，以誇燿己之學問淵博。〔註23〕

韓愈引用的典故，正來自經傳史漢，而且事事灼然易曉。例如徵引史傳的典故有：

> 龍文百斛鼎（〈病中贈張十八〉）
>
> 桑榆儻可收（〈除官赴闕至江州寄鄂岳李大夫〉）
>
> 公其務貰過（〈除官赴闕至江州寄鄂岳李大夫〉）
>
> 豹不調鹽醢（〈南內朝賀歸呈同官〉）
>
> 莫教安四壁（〈渚亭——二十一詠之一〉）
>
> 誰為傾國媒（〈縣齋有懷〉）
>
> 自許連城價（〈縣齋有懷〉）
>
> 丐汝將死命（〈病鴟〉）
>
> 鳳飛終不返（〈大行皇太后挽歌詞三首之二〉）
>
> 劍化會相從（〈大行皇太后挽歌詞三首之二〉）
>
> 斑竹啼舜婦（〈送惠師〉）
>
> 清湘沈楚臣（〈送惠師〉）
>
> 斫樹收窮厖（〈病中贈張十八〉）
>
> 強箭射魯縞（〈薦士〉）
>
> 馳坑跨谷終未悔（〈酬司門盧四兄雲夫院長望秋作〉）
>
> 怯膽變勇神明鑒（〈酬司門盧四兄雲夫院長望秋作〉）
>
> 中郎有女能傳業（〈遊西林寺題蕭二兄郎中舊堂〉）
>
> 伯道無兒可保家（〈遊西林寺題蕭二兄郎中舊堂〉）
>
> 丘墳發掘當官路（〈題廣昌館〉）
>
> 何處南陽有近親（〈題廣昌館〉）
>
> 冠蓋相望催入相（〈次潼關上都統相公〉）
>
> 腳敲兩舷叫吳歌（〈奉酬盧給事雲夫四兄曲江荷花行見寄〉）
>
> 郎署何須嘆二毛（〈奉和庫部盧四兄曹長元日朝迴〉）

其中「龍文百斛鼎」用《史記・趙世家》秦武王與孟說舉龍文赤鼎

〔註23〕《野鴻詩的》，《清詩話》，頁857。

的故實；「桑榆儻可收」用《後漢書·馮異傳》「可謂失之東隅，收之桑榆」的意句；「丐汝將死命」用《漢書·寇恂傳》「丐兄弟死命」之句；「劍化會相從」用《晉書·張華傳》的故事；「馳坑跨谷終未悔」用《史記·貨殖傳》「冒霜雪，馳坑谷」之句；「怯膽變勇神明鑒」用後《漢書·光武帝紀》的故事；「中郎有女能傳業」用後《漢書·列女傳事》；「伯道無兒可保家」用《晉書·鄧攸傳事》；「丘墳發掘當官路，何處南陽有近親」用《後漢書·劉隆傳》事；「腳敲兩舷叫吳歌」用《晉書·夏統傳》事。諸如此類，或徵引《史記》、《漢書》、《後漢書》、《晉書》中的典故，或取其中的意句，不勝枚舉。而徵引經書的典故也有：

> 調和進梅鹽　（〈苦寒〉）
>
> 爲爾惜居諸　（〈符讀書城南〉）
>
> 貴者恒難售　（〈送劉師服〉）
>
> 婉孌自媚好　（〈南內朝賀歸呈同官〉）
>
> 重裘兼味養大賢　（〈苦寒歌〉）
>
> 文物雜軍容　（〈大行皇太后挽歌詞三首之一〉）
>
> 承詔改轅時　（〈和張侍郎酬馬尚書〉）
>
> 傅氏築已卑　（〈和裴僕射相公假山十一韻〉）
>
> 磻溪釣何激　（〈和裴僕射相公假山十一韻〉）
>
> 好收吾骨瘴江邊　（〈左遷至藍關示姪孫湘〉）
>
> 繞墳不暇號三帀　（〈留題驛梁〉）
>
> 上賓虞舜整冠裾　（〈酬張韶州端公〉）

其中「調和進梅鹽」用《書經》高宗命傅說之事；「貴者恒難售」用《詩經》谷風「貴者恒難售」之句；「兼味養大賢」兼用《穀梁傳》「君食不兼味」、《易·鼎卦》「大烹以養聖賢」之語；「文物雜軍容」兼用《左傳》「文物以紀之」、《禮記》「軍容不入國」之句；而「傅氏築已卑，磻溪釣何激」均用《尚書》中的故事。「繞墳不暇號三帀」用《禮記》延陵季子事；「上賓虞舜整冠裾」用《逸周書》太子晉解王子語；「好收吾骨瘴江邊」用《左傳》「余收爾骨焉」之句。所引之書有《尚書》、

《詩經》、《禮記》、《周書》、《左傳》、《易經》等經書。

至於引用子書之句，尤以《莊子》爲最多：

何人更得死前休（〈和歸工部送僧約〉）

無以冰炭置我腸（〈聽穎師彈琴〉）．

心訝愁來惟貯火（〈次鄧州界〉）

嗜好與俗殊酸鹹（〈酬司門盧四兄雲夫院長望秋作〉）

陽氣發亂無全功（〈杏花〉）

不即金木誅（〈瀧吏〉）

刺船犯枯莑（〈人日城南登高〉）

何路補剝刖（〈送文暢師北游〉）

譬如兔得蹄（〈與張十八同效阮步兵一日復一夕〉）

屠龍破千金（〈岳陽樓別竇司直〉）

金石出聲音（〈贈別元十八協律六首之一〉）

長緶汲滄浪（〈題合江亭寄刺史鄒君〉）

其中「何人更得死前休」出自《荀子·大略篇》子貢曰：「大哉死乎！君子息焉，小人休焉」；「長緶汲滄浪」出自《莊子·至樂篇》「緶短者不可以汲深」；「陽氣發亂無全功」用《列子·天瑞篇》「天地無全功」之句；「無以冰炭置我腸」用郭象《莊子注》「喜懼戰于胸中，固已結冰炭于五臟矣」之句；「心訝愁來惟貯火」用《莊子》「我其內熱歟」之意；「嗜好與俗殊酸鹹」兼用《莊子》「行殊乎俗」、《戰國策》「夕調乎酸鹹」之句；「何路補剝刖」用《莊子》「庸詎知造物者不息我剝而補我刖」之句意；「屠龍破千金」用《莊子》中朱泙漫學屠龍的故事。隨舉數例，大都是《莊子》中的典故。

無論是引用經書史傳諸子中的故事，或是點化其中的字句，莫不左右逢源，切合題意，如自出胸臆，不著痕跡。因此趙翼《甌北詩話》批評蘇東坡云：

坡公熟於莊列諸子及漢魏晉唐諸史，故隨遇輒有典故以供其援引，此非臨時檢書者所能辦也。〔註24〕

〔註24〕《甌北詩話》卷五，《古今詩話叢編》，廣文書局。

能隨遇援引莊、列諸子及漢魏晉諸史的典故，用來作為韓愈的寫照，再也恰當不過，這得歸功於他學問的淵博。因此方東樹《昭昧詹言》也說：

> 李杜韓蘇所讀之書，博贍精熟，故其使事取字密切贍給，
> 如數家珍〔註25〕

但後人卻根據他用事博贍，而謂其以學問為詩，缺乏性情流露。如梁春芳《舊詩略論》中云：

> 朱熹評韓愈：「博極群書，奇辭奧旨，如取之室中物。」如
> 果所謂「奇辭奧旨，如取之室中物」，也像「獺祭魚」「衲
> 被」一樣的不加選擇，隨意拼湊，結果只有詞句的堆砌，
> 無真性情的流露，也有傷詩的美質；必須自加治鍊，別具
> 新意，方不失用典的目的。〔註26〕

「獺祭魚」就是前面《野鴻詩的》所云以學問為詩的李商隱，「衲被」則指楊億。若以韓愈比喻他們，可謂不明瞭韓愈用典的真相。事實上，韓愈的確無意誇耀學問。如惠洪《冷齋夜話》所云：

> 予嘗熟味退之詩，真出自然，其用事深密，高出老杜之上。
> 〔註27〕

謂其用事深密，出於自然，可見非有意為之。這種成果，必須由平日積學的功夫而來。而且由前面所引之例可知，典故往往明顯易知，非深奧冷僻，而難以理解。不但博學者知其引自何處，淺學者亦能領悟。所以黃子雲《野鴻詩的》方云「自漢以迄中唐，詩家引用典故，多本之經傳史漢，事事灼然易曉」。韓詩用事精切的情形，茲舉〈韶州留別張端公使君〉一首為例：

> 來往再逢梅柳新，別離一醉綺羅春。
> 久欽江總文才妙，自歎虞翻骨相屯。
> 鳴笛急吹爭落日，清歌緩送欸行人。

〔註25〕《昭昧詹言》卷一，廣文書局。
〔註26〕《舊詩略論》，頁108，正中書局。
〔註27〕《冷齋夜話》卷二，《詩話叢刊》，頁1629，弘道文化事業有限公司。

　　已知奏課當徵拜，那復淹留詠白蘋。

此詩爲韓愈五十二歲由潮州量移袁州，往來途經韶州時作。其中頷聯
用典。「久欽江總文才妙」用的是江總的故事。據《南史・江總傳》，
江總自幼聰敏，及長篤學有文辭。梁元帝時徵爲始興內史，不行，流
寓嶺南積歲。陳天嘉中徵還，累遷太子詹事。〔註28〕而始興即韶州，
韶州即爲張使君奉職所在地。用江總比喻張使君，用的正是當州的故
事。「自歎虞翻骨相屯」用的是虞翻的故事。據《吳志・虞翻傳》，翻
性疏直，爲騎都尉時，屢犯顏諫爭，孫權不悅；又性不協俗，多見謗
毀。孫權曾與張昭論及神仙，翻指昭曰：「彼皆死人，而語神仙，世
豈有仙人也！」權積怒非一，遂徙翻交州。〔註29〕按虞翻個性非但與
韓愈相似，亦同因抵觸外教被貶。且潮州地在漢時屬交郡管轄，交州、
潮州實爲一地。韓愈用虞翻比喻自己，眞是人地相合，恰當不過。這
種精切的例子，韓詩當中有不少。

　　韓愈並非對詩有專門研究的人，因此對詩的技巧也不十分講求。
他用典的方法大都直接正面引用。如《甌北詩話》說：

　　昌黎、放翁使典亦多正用。〔註30〕

而典又有明用、暗用、合用、分用、反用幾種用法。如「斑竹啼舜婦，
清湘沈楚臣」，一見而知其所言何事者，謂之明用。如「求觀眾流細，
必泛滄溟深」（孟生詩），知其出自《孟子》「觀水有術，必觀其瀾」
之語，方知其所言何事者，謂之暗用。如「兼味養大賢」由兼味與養
大賢二事合爲一句而言，是爲合用。如「如今便可爾，何用畢婚嫁」
由向平「婚嫁畢事」一事拆爲二句使用，謂之分用。如「張籍學古淡，
軒鶴避雞群」用「嵇紹鶴立雞群」之反語，謂之反用。此種未與原意
他悖的反用，與趙翼所說的正用並未相左。韓愈使典，不僅出自經傳

〔註28〕《南史》卷三六，藝文印書館。
〔註29〕《三國志》卷五七，〈吳書〉十二，〈虞翻傳〉，頁 1320～1321，鼎文
　　　　書局。
〔註30〕同註24。

史籍之中，亦有轉用前人詩句、語句者。如：

　　明月非暗投（〈赴江陵途中寄贈三學士〉）

　　果誰雄牙鬚（〈別趙子〉）

　　摩窅斸株橜（〈送文暢師北游〉）

　　人由戀德泣（〈次石頭驛寄江西王十中丞閣老〉）

　　風便一日耳（〈除官赴闕至江州寄鄂岳李大夫〉）

　　飛雨白日灑洛陽（〈盧郎中雲夫寄示送盤谷子詩兩章歌以和之〉）

　　波濤入筆驅文辭（〈桃源圖〉）

　　浮雲柳絮如根蔕（〈聽穎師彈琴〉）

　　眼知別後自添花（〈次鄧州界〉）

　　正見高崖巨壁爭開張（〈盧郎中雲夫寄示送盤谷子詩兩章歌以和之〉）

　　悠悠指長道，去去策高駕。（〈縣齋有懷〉）

　　若要添風月，應除數百竿。（〈新題二十一詠之竹逕〉）

　　川原共澄映，雲日還浮飄。（〈和李相公攝事南郊覽物興懷呈一二
　　知舊〉）

或用郭璞、杜甫、何遜、張華、李白、張協、江總、陶潛、謝靈運、
古詩十九首等詩句，亦不勝枚舉，此聊舉其大概而已。可見韓詩受諸
豐富學識之淵源。唐子西文錄說：

　　凡作詩，平居須收拾詩材以備用。退之作范陽盧殷墓誌云
　　「於書無所不讀，然止用以資爲詩」是也。〔註31〕

韓愈使典之豐富，即在平時能博覽群書，收集詩材以備用；而用典之
多，卻未有掉書袋之嫌，則在其用典自然，使人不覺用典，可謂善用
典也。

第三節　遣　詞

一、用誇飾字

　　韓愈喜歡用誇張和狀擬的手法，表現天地之間一般奇險的氣勢和

〔註31〕《歷代詩話》第九冊，藝文印書館。

動態，因此上自日月鬼神，風雲雷電，下至鳥獸蟲魚，無不成爲其假
借的對象。例如：

衆鬼囚大幽，下覷襲玄窞。（〈送無本師歸范陽〉）

鬼神怕嘲詠，造化皆停留。（〈雙鳥詩〉）

獰飆攪空衢，天地與頓撼。（〈送無本師歸范陽〉）

攀頭庭樹豁，狂飆卷寒曦。（〈寄崔二十六立之〉）

威風挾惠氣，蓋壤兩劑拂。（〈賦十四韻獻樊員外〉）

峽山逢颶風，雹電助撞捽。（〈贈別元十八協律六首之六〉）

毒霧恒熏晝，炎風每燒夏。（〈縣齋有懷〉）

如新去耵聹，雷霆逼颶颺。（〈賦十四韻獻樊員外〉）

雷威固已加，颺勢仍相借。（〈縣齋有懷〉）

雷電生睒睗，角鬐相撑披。（〈寄崔二十六立之〉）

火維地荒足妖怪，天假神柄專其雄。（〈謁衡嶽廟〉）

雨淋日炙野火燎，鬼物守護煩撝呵。（〈石鼓歌〉）

雷公挈山海水翻，齒牙爵齰舌齶反，

電光礦磹䫙目暖，頊冥收威避玄根。（〈陸渾山火〉）

蛟龍弄角牙，造次欲手攬。（〈送無本師歸范陽〉）

共傳滇神出水獻，赤龍拔鬚血淋漓。（〈赤藤杖歌〉）

洞庭連天九疑高，蛟龍出沒猩鼯號。（〈八月十五夜贈張功曹〉）

才豪氣猛易語言，往往蛟螭雜螻蚓。（〈贈崔立之評事〉）

青鯨高磨波山浮，怪魅炫耀堆蛟虯。（〈劉生〉）
　　　　　　△　△

鵬騫墮長翮，鯨戲側修鱗。（〈送惠師〉）
　△　　　　　　△

鯨鵬相摩窣，兩擧快一噉。（〈送無本師歸范陽〉）
△　△

其中鬼神、妖怪是幽靈界的東西，予人以陰森、恐怖的感覺。狂飆、獰飆、威風、颶風、炎風都是風之最嚴厲者；雷電、雷威、雷光亦是最有威力者：二者是助長天地之間最光怪陸離之現象的氣勢。誠如韓愈自言「雷霆助光怪，氣象難比侔」（〈赴江陵途中寄贈三學士〉），是韓愈表達詩中奇險氣氛，最常用的字眼。而蛟龍、赤龍、蛟螭、青鯨是傳說中或實有的水中最龐大，氣勢最雄偉的動物；鵬鳥是最大的飛禽：二者在聲音和體積方面已有先聲奪人的氣勢。韓愈往往假借這二者來形容一個人的才氣。司空圖說：

> 韓吏部歌詩數百首，其驅駕氣勢，若掀雷抉電，撐挂於天
> 地之間。〔註32〕

張戒《歲寒堂詩話》也說：

> 退之詩，大抵才氣有餘，故能擒能縱，顛倒崛奇，無施不
> 可。放之則如長江大河，瀾翻洶湧，滾滾不窮；收之則藏
> 形匿影，乍出乍沒，姿態橫生，變怪百出，可喜可愕，可
> 畏可服也。〔註33〕

都指韓愈這種用字奇崛所造成的氣勢而言，這正是韓愈極盡騁懷、騁才所表達的方式之一。

此外韓愈又善於諷諭，因此鳥獸之名，往往又為其所假借的對象，以表現他的心態意識。如：

> 虎豹僵穴中，蛟螭死幽潛。（〈苦寒〉）
> 龍魚冷蟄苦，虎豹餓號哀。（〈詠雪贈張籍〉）
> 西風蟄龍蛇，衆木日凋槁。（〈秋懷之十一〉）

〔註32〕《司空表聖文集》卷二，〈題柳柳州集後〉，上海商務印書館。
〔註33〕同註1。

頗有借百獸如虎、豹、龍、蛇皆不堪天寒之苦而或僵或死之勢，反映
其他渺小動物之慘狀，實則暗喻小人當政，民不堪其苦的情形。而如：

> 有鳥夜飛名訓狐，矜凶狹狡謗自呼。（〈射訓狐〉）

> 狐鳴梟噪爭署置，睗睒跳踉相嫵媚。（〈永貞行〉）

> 梟驚墮梁蛇走竇，一矢斬頸群雛枯。（〈射訓狐〉）

> 鵲鳴聲楂楂，烏噪聲擭擭。（〈雜詩四首之二〉）

> 胡爲不自暇，飄戾逐鸇鷂？（〈送文暢師北游〉）

> 自可捐憂累，何須強問鴉。（〈叉魚〉）

以訓狐、梟、鵲、烏、鴉惡鳥之名，代表自己厭憎之小人；以鸇鷂代
表自己厭惡之事。又如：

> 明庭集孔鸞，曷取於鳧鷖。（〈南內朝賀歸呈同官〉）

> 鸞鳴桂樹間，觀者何繽紛。（〈送陸暢歸江南〉）

> 鶴翎不天生，變化在啄菢。（〈薦士〉）

> 遂凌紫鳳群，肯顧鴻鵠卑？（〈病鴟〉）

> 獨有知時鶴，雖鳴不緣身。（〈雜詩四首之四〉）

> 入海觀龍魚，矯翩逐黃鵠。（〈送諸葛覺往隨州讀書〉）

以鸞、鳳代表在上位之人或有才華之人；鳧鷖、鴻鵠代表下位之人或無
才之人。以鶴代表潔身自好的君子，黃鵠代表所追隨讀書的人。又如：

> 駑駘誠齷齪，市者何其稠？（〈駑驥贈歐陽詹〉）

> 騏驥生絕域，自矜無匹儔。（〈同上〉）

> 解鞍棄騏驥，塞驢鞭使前。（〈雜詩四首之三〉）

以駑駘、塞驢、騏驥比喻社會生存之人的兩種型態，暗喻懷才不遇的
自己。又如：

> 哀狖醒俗耳，清泉潔塵襟。（〈縣齋讀書〉）

> 愁狖酸骨死，怪花酸魂馨。（〈答張徹〉）

> 山猨謰謱猩猩愁，毒氣爍體黃膏流。（〈劉生〉）

> 今日嶺猿兼越鳥，可憐同聽不知愁。（〈湘中酬張十一功曹〉）

> 猿呼鼯嘯鷗鶻啼，惻耳酸腸難濯瀚。（〈游青龍寺贈崔大補闕〉）

人在心傷處，最易與物感相共鳴，因此這些哀狖、愁狖、猩猩愁、猿
愁，就成了韓愈愁之象徵了。

二、用重言

傅庚生云：

聲音之美，著於重言與雙聲疊韻。〔註34〕

韓愈即最喜歡用重言的聲音之美來重沓詩中的情境。如：

翩翩棲託禽，飛飛一何閒。(〈題炭谷湫祠堂〉)

峨峨進賢冠，耿耿水蒼佩。(〈朝歸〉)

泯泯都無地，茫茫豈是天？(〈酬藍田崔丞立之詠雪見寄〉)

燦燦辰角曙，亭亭寒露朝。(〈和李相公攝事南郊覽物興懷呈一二知舊〉)

蕭蕭青雲幹，遂逐荊棘焚。(〈送陸暢歸江南〉)

蟲鳴室幽幽，月吐窗同同。(〈秋懷之六〉)

離離掛空悲，感感抱虛警。(〈秋懷之五〉)

點點暮雨飄，梢梢新月偃。(〈南溪始泛之一〉)

亭亭柳帶沙，團團松冠壁。(〈南溪始泛之三〉)

甚至一詩有用數句重言者，如〈感春三首之一〉：

疊疊新葉大，瓏瓏晚花乾。

青天高寥寥，兩蝶飛翩翩。

〈答張徹〉一首：

石梁平侹侹，沙水光泠泠。

緣雲竹竦竦，失路麻冥冥。

觥秋縱兀兀，獵旦馳駉駉。

同同抱瑚璉，飛飛聯鶺鴒。

〈南山詩〉一首：

延延離又屬，夬夬叛還遘；

喁喁魚闖萍，落落月經宿；

闇闇樹牆垣，巘巘架庫廄；

參參削劍戟，煥煥銜瑩琇；

敷敷花披萼，閜閜屋摧霤；

悠悠舒而安，兀兀狂以狃；

〔註34〕《中國文學欣賞舉隅》，頁203，地平線出版社。

　　　　超超出猶奔，蠢蠢駁不懋。

這一類重言大都是屬於視覺和觸覺性的形容字，著重在景或物的描寫，
而表現景物的體態。但是韓愈表現氣勢，除了用神奇鬼怪的名詞之外，
也會用狀聲或狀形字來配合其中的氣勢，而造成一種聲響效果。如：

　　　　訇哮簸陵丘（〈赴江陵途中寄贈三學士〉）

　　　　輷輘掉狂車（〈讀東方朔雜事〉）

　　　　衛官助呀呀（〈讀東方朔雜事〉）

　　　　牙角何呀呀（〈月蝕詩效玉川子作〉）

　　　　女口開呀呀（〈月蝕詩效玉川子作〉）

　　　　呀豁疾掊掘（〈賦十四韻獻樊員外〉）

　　　　谺呀鉅壑頗黎盆（〈陸渾山火〉）

　　　　我今呀豁落者多（〈贈劉師服〉）

訇哮、輷輘爲大聲貌，呀呀爲開口貌，谺呀爲大貌，皆有以聲勢助長
氣勢之貌。

三、用語、文入詩

　　韓愈常以古文章法或口語入詩，因此詩中毫無詩意的文句非常
多。如：

　　　　夫豈能必然（〈送無本師歸范陽〉）

　　　　有窮者孟郊（〈薦士〉）

　　　　已矣兩如何（〈哭楊兵部凝陸歙州參〉）

　　　　馬羸鳴且哀（〈贈河陽李大夫〉）

　　　　念將決焉去（〈薦士〉）

　　　　歸哉孟夫子（〈遠游聯句〉）

　　　　湜也困公安（〈讀皇甫湜公安園池詩書其後二首〉）

　　　　乃獨遇之盡綢繆（〈劉生〉）

　　　　嗚呼奈汝母子何（〈汴州亂〉）

　　　　嗟哉董生孝且慈（〈嗟哉董生行〉）

　　　　不從而誅未晚耳（〈誰氏子〉）

　　　　破屋數間而已矣（〈寄盧仝〉）

放縱是誰之過歟（〈寄盧仝〉）
嗟我道不能自肥（〈送區弘南歸〉）
子去矣時若發機（〈送區弘南歸〉）
或採于薄漁于磯（〈送區弘南歸〉）
君子與小人，不繫父母且。（〈符讀書城南〉）

文字所習用的夫、者、矣、焉、哉、也、乃、嗚呼、嗟哉、耳、歟、嗟等虛詞，往往充塞在他的詩裏。而如：

在紡織耕耘（〈謝自然詩〉）
乃一龍一豬（〈符讀書城南〉）
蛤即是蝦蟇（〈初南食貽元十八協律〉）
車輕御良馬力優（〈劉生〉）
落以斧引以纆徽（〈送區弘南歸〉）
罰一勸百政之經（〈誰氏子〉）

這種上一下四，上三下四，上二下五不合詩律的文句，往往出現在他的詩中。此外如南山詩連用五十一個或字，瀧吏用十一個官字，以及連環句、比並句、對句、連延句、感嘆句，〔註35〕及以上所舉虛詞之使用，莫不可表示韓愈作詩文化、語化的傾向。

四、用難、怪、僻字

韓詩中用了許多怪字、僻字和難字。這些字之所以難和怪的原因，一方面是它的字生僻，爲一般人所不常見，而少見多怪；另一方面則是它的字形原本怪異，一般人難以接納。而這些字有的個體看來，並不爲怪，可是出現於險韻而做爲韻腳時，則覺得冷僻而格格不入。如𩪘、呞、鹵、膾（〈贈劉師服〉），巧、飽、攪、卯、爒、爪、齩（〈答孟郊〉），倔、坲、𣀓、歘、掘、颮（〈獻鄭相公、樊員外〉），疵、髭、貲、骴（〈贈崔二十六立之〉），骭、丱、豢、戲、襻（〈崔十六少府攝伊陽以詩及書見投因酬三十韻〉），軏、劂、韄、狘（〈送文暢師北游〉）等，不勝枚舉，於詩中造成一種非常不諧和的意象，與

〔註35〕參見吳達芸撰《韓愈生平及其詩之研究》，頁152～163句法的變化。

詩中用的怪詞怪字，共同形成其險怪詩的特色。

五、用艷麗字

韓愈喜歡用極鮮麗的色彩，表現一種花團錦簇的新氣象，或是藉著今昔鮮麗黯淡之明顯對比，襯托百花季節凋逝的景象。如：

浮艷侵天難就看，清香撲地只遙聞。(〈風折花枝〉)

春風紅樹驚眠處，似妒歌童作艷聲。(〈和武相公早春聞鶯〉)

浩態狂香昔未逢，紅燈爍爍綠盤龍。(〈芍藥〉)

草樹知春不久歸，百般紅紫鬥芳菲。(〈晚春〉)

簀簹競長纖纖筍，蹢躅閒開艷艷花。(〈答張十一功曹〉)

桃蹊惆悵不能過，紅豔紛紛落地多。(〈聞梨花發贈劉師命〉)

誰收春色將歸去？慢綠妖紅半不存。(〈晚春〉)

道邊草木花，紅紫相低昂。(〈此日足可惜〉)

豔色寧相妒，嘉名偶自同。(〈木芙蓉〉)

丁寧紅與紫，慎莫一時開。(〈花源〉)

紅、綠、紫、豔光彩奪目的顏色，幾乎是春季裏百花齊放才有的。而漫綠妖紅不存，則已襯托時節已晚，有惜春之意。此種清妙之境，在韓詩奇險的境界中，可說別具一格。陳衍《石遺室詩話》說：

元和以降，又各人各具一種筆意，昌黎則兼有清妙、雄偉、磊砢三種筆意。〔註36〕

紛紅駭綠，韓退之之詩境也。〔註37〕

紛紅駭綠之下的清妙之境，即指此用字的境界而言。但是在奇險詩

〔註36〕《石遺室詩話》卷一八，台灣商務印書館。

〔註37〕同上，卷二三。

中，韓愈卻用了另一批更穠麗的色彩，以加強其烈焰騰空的氣勢。如：

怪氣或紫赤，敲磨共輪囷。（〈送惠師〉）

閃紅驚蚴虯，凝赤聳山岳。（〈納涼聯句〉）

金鴉旣騰翥，六合俄清新。（〈送惠師〉）

城上赤雲呈勝氣，眉間黃色見歸期。（〈奉贈馬侍郎及馮李二員

外〉）

欄柱傾扶半天赤，火燒水轉掃地空。（〈送僧澄觀〉）

粉牆丹柱動光彩，鬼物圖畫塡青紅。（〈謁衡嶽廟〉）

岣嶁山尖神禹碑，字青石赤形摹奇。（〈岣嶁山〉）

金烏海底初飛來，朱輝散射青霞開。（〈李花贈張十一署〉）

金烏下啄賴虯卵，魂翻眼倒忘處所。（〈游青龍寺贈崔大補闕〉）

紫赤、赤、丹、青紅、青、金、朱，比前面所用的紅、綠、豔、紫色
彩更爲強烈，令人有耀眼奪目之感，更能增加詩中奇險的氣勢。即使
對於所追求的仕宦，韓愈也用此強烈的色彩來表達。如：

左右同來人，金紫貴顯劇。（〈感春之三〉）

勉來取金紫，勿久休中園。（〈送進士劉師服東歸〉）

人生但如此，朱紫安足慇。（〈喜侯喜至贈張籍張徹〉）

佩服上色紫與緋，獨子之節可嗟唏。（〈送區弘南歸〉）

金紫、朱紫雖爲代表唐代仕宦的名稱，但是參與在此類輝麗的色彩之
中，未嘗不可彰顯韓愈刻意追求仕宦的動機。

在絢爛、氣勢歸於平淡之後，韓愈又有另一批色彩組合，可表達
他寧靜平和的心境。如：

青竹時默釣，白雲日幽尋。(〈縣齋讀書〉)

穿沙碧蘚淨，落水紫芭香。(〈竹溪〉)

縹節已儲霜，黃苞猶捲翠。(〈新竹〉)

沿涯宛轉到深處，何限青天無片雲。(〈郴口又贈二首〉)

青天白日花草麗，玉斝屢擧傾金罍。(〈憶昨行和張十一〉)

山榴躑躅少意思，照耀黃紫徒爲叢。(〈杏花〉)

用青、白、黃、翠、碧、紫自然而平淡的色彩描繪天地、花木的自然本色，而不刻意雕麗，是韓愈幽閒心境之下的作品，予人一份清新、恬靜的感覺。一般研究韓詩者，只感覺到韓詩中鮮麗色彩的一面，卻未察覺在動態心靈所產生的鮮麗色彩之外，另有一個靜態心靈與自然神交所產生的平淡世界。

第五章　結　論

　　韓詩的奇險冷僻雖然別於其他詩人醇正的作風，而偏重字句的雕琢，以文作詩，用奇字，造怪句，押險韻，卻開拓了李杜以後無以繼之的詩格，爲後人闢出一條蹊徑，帶動賈島、盧仝、馬異、劉叉諸人，走上這條奇險的小徑，造成中唐一股奇詭的風潮，影響後代詩壇深遠；雖爲後人所不甚欣賞，卻仍不可不有其獨立的地位。

　　批評韓詩的人，往往在雄厚的氣勢和筆力方面予其好評；在以文爲詩和內容方面，卻不以爲然，甚至根本不認爲是詩。如張戒《歲寒堂詩話》說：

　　　　退之詩，大抵才氣有餘，故能擒能縱，顛倒崛奇，無施不
　　　　可。放之則如長江大河，瀾翻洶湧，滾滾不窮；收之則藏
　　　　形匿影，乍出乍沒，姿態橫生，變怪百出，可喜可愕，可
　　　　畏可服也。〔註1〕

對韓愈的才氣和筆力所形成的氣象非常欣賞，茲僅舉此一說爲例即可代表。至於如黃魯直說：

　　　　杜之詩法，韓之文法也。詩文各有體，韓以文爲詩，杜以
　　　　詩爲文，故不工耳。〔註2〕

〔註1〕《歲寒堂詩話》卷上，《續歷代詩話》中冊，藝文印書館。
〔註2〕陳師道《後山詩話》，《詩話叢刊》，頁83，弘道文化事業有限公司。

蘇子瞻也說：

> 退之於詩本無解處，以才高而好爾。〔註3〕

沈存中也說：

> 退之詩，押韻之文耳，雖健美富贍，然終不近詩。〔註4〕

三位都是宋人，首發韓愈「以文爲詩」、「詩押韻之文」，故「詩無解處」、「終不近詩」的論調，甚不欣賞韓詩。因此爲韓愈平反此論點而持有相同見解的有多人，茲舉清高宗《唐宋詩醇》爲例說：

> 韓愈文起八代之衰，而其詩亦卓絕千古。論者常以文掩其詩，甚或謂於詩本無解處。夫唐人以詩名家者多，以文名家者少，謂韓文重於韓詩可也，直斥其詩爲不工，則群兒之愚也。大抵議韓詩者，謂詩自有體，此押韻之文，格不盡詩；又豪放有餘，深婉不足，常苦意與語俱盡。蓋自劉攽、沈括，時有異同。而黃魯直、陳師道輩，遂群相誉奢。歷宋、元、明，異論間出。此實昧於昌黎得力之所在……。〔註5〕

清高宗對於前人論韓愈文掩其詩，詩無解處頗不以爲然，而謂韓詩不在韓文之下，亦卓絕千古。首先即予韓詩以最高評價。繼對劉、沈、黃、陳等之議韓愈以文爲詩的原因，是因韓詩不拘詩格，且不含蓄二點，提出他的說明。他認爲韓詩本之於雅頌，而雅頌之「鋪陳終始，竭情盡致。義存乎揚厲，而不病其夸；情迫於呼號，而不嫌其激。其爲體迥異於風，非特詞有繁簡，其意之隱顯固殊焉」，千古以來未以其少含蓄爲病，自然本之雅頌而大暢其辭的韓詩應不爲病。〔註6〕這種以追本溯源的方式，探討韓愈以文爲詩的體格有淵源所自，固不可謂其爲病；但對韓愈以文爲詩的眞相，似乎不能搔著癢處。對此問題，朱自清「論以文爲詩」一文〔註7〕也提出他的看法。他認爲宋人開始

〔註3〕同前註。
〔註4〕惠洪《冷齋夜話》卷二，《詩話叢刊》，頁 1628，弘道文化事業有限公司。
〔註5〕《唐宋詩醇》卷二七，頁 768，中華書局。
〔註6〕同上。
〔註7〕民國 28 年 6 月 29 日《大公報》第八版。

提出吟情詠性的風詩為詩之正宗以後，詩文的分界才判然分明，因此
以宋朝已分的詩文觀念去衡量韓詩，而謂其以文為詩非詩是不正確
的。如他說：

> 宋以前詩文的界劃本不分明，也不求分明，沈、陳、劉以當
> 時的觀念去評量前代，是不公道的。況且韓愈的詩，本於雅
> 頌和樂府，也不是憑空而來。按宋代說，固可以算他「以文
> 為詩」；按唐代說，他的詩之為詩，原是不成問題的。〔註8〕

以現代的眼光試觀韓愈以文入詩，詩中常有文情，而富於說理；以詩
入文，文中常有詩情，而富於旨趣；詩文在體式方面，似乎一脈互通，
無顯著差異，的確誠如朱氏所言唐代或許詩文不分。但唐朝為詩歌大
國，大部分的詩人都知道作宋人或近代人眼中所謂的詩，唯獨韓愈喜
歡以文作詩，被冠「以文作詩」之名，必當有其特殊原因才是，朱氏
之言尚不能平人胸際。

在韓愈詩觀一章中提到，韓愈主張文以載道，詩文齊六經，不喜
作無意義的妍麗之詩；詩歌只是他宦餘寄託情感、諷刺政治，聊以遣
興、遊戲的工具，可謂皆有所為而作：以純文學的觀點來看，這種既
非抒寫性靈，又無清麗辭藻而寫的載道之作，自然不似詩了。其次，
或許唐代提倡詩歌復古，詩人作的古詩往往摻雜了律句，而非漢魏真
正的古詩。而王氏《詩詞曲作法講話》說：

> 古體詩的語法，幾乎完全是古代散文的語法。……凡寫古
> 風，必須依照古代散文的語法；若運用散文中所無，而近
> 體詩所有的形式，就可以認為語法上的律化。〔註9〕
> 在古風中，有些句子簡直就和散文的結構一般無二。〔註10〕
> 完全，或差不多完全依照散文的結構來作詩，叫做「以文
> 筆為詩」。這種詩和近體詩距離最遠。〔註11〕

〔註8〕詳見同上朱自清論以文為詩。
〔註9〕王氏《詩詞曲作法講話》，頁495，洪氏出版社。
〔註10〕同前註，頁497。
〔註11〕同上。

用古代散文的語法作古詩，可以避免律化的情形，因此詩句的結構則
與散文一般無二。韓愈提倡古文，詩歌方面，自亦不與文背道而馳，
且不喜受近體詩的格律束縛，繼陳子昂、李白古詩運動之後，亦大作
古詩，自不用律句入古詩，而以己擅長的古文入詩，作眞正的古詩。
而且乘此以文作古詩之際，不必受格律的束縛，可以盡情騁懷騁才，
而有稀奇古怪的文字誕生，奇險的風格形成，適可滿足他立異好奇的
心理。這種非以逸散的心靈流露性情，而以散文語法陳述事物之作，
叫做「以文筆爲詩」，或許當爲韓愈「以文爲詩」的眞際。

　　在內容方面，純文藝者必認爲韓詩是講求功用，而含有功利氣味
和道德教訓的作品，而謂作這些作品的詩人「多託於忠君、愛國、勸
善、懲惡之意，以自解免」、〔註12〕「則詠史、懷古、感事、贈人之
題目，彌滿充塞於詩界，而抒情、敍事之作，什佰不能得一」。〔註13〕
以純文藝的角度來看，固無可厚非。但一時代有一時代之文學，當時
代之文人各有其文學，凡是唐代仕宦之詩人，除非能超然塵世之外，
否則莫不與其周遭之君臣家國有關，因而「忠君、愛國、勸善、懲惡」
之旨在所難免。何況在朝與在野的詩人，在表達詩歌的態度上，自有
嚴肅和悠閑的差別。韓愈是個道地的仕者，表達出來的文學，自然是
仕人意識的文學；環境的拘限與個人熱中仕宦的態度如此，自亦不能
謂其爲非，而當有其別於其他詩人的特色。

　　韓詩最大的影響，就在「以文爲詩」及用怪字、險韻所形成奇險
冷僻的風格二點。以文爲詩的方式，影響了宋詩，甚至後來的口語詩、
白話詩；怪字險韻所形成冷僻的詩風，則影響了中唐和後代效法作奇
險詩的人：重振了衰微的詩歌，繼續了李杜以後無可拓展的詩格，別
於同時元白、張籍的社會文學，獨樹一幟；在文壇上古文雖名聞萬古，
在中國詩壇上詩仍有其獨特的地位，不可忽視。

〔註12〕見王國維〈論哲學家及美術家之天職〉，《靜庵文集》，頁 84，光緒乙
　　　　巳九月出版。。
〔註13〕同上。

重要參考書目

1. 《三國志》，陳壽，鼎文書局。
2. 《南史》，李延壽，藝文印書館。
3. 《舊唐書》，劉昫，藝文印書館。
4. 《唐書》，歐陽修，藝文印書館。
5. 《讀通鑑論》，王夫之，中華書局。
6. 《二十二史劄記》，趙翼，樂天出版社。
7. 《十七史商榷》，王鳴盛，樂天出版社。
8. 《韓昌黎集》，馬其昶校，河洛圖書出版社。
9. 《昌黎先生集》，朱熹校，商務印書館。
10. 《五百家注昌黎集》，魏仲舉編，涵芬樓景印宋魏仲舉刊本。
11. 《昌黎先生詩集注》，朱彝尊、何焯評，學生書局。
12. 《韓昌黎詩繫年集釋》，錢仲聯集釋，世界書局。
13. 《韓文公歷官記》（粵雅堂叢書），程俱，華文書局。
14. 《全唐文》，彭邦疇纂修，華聯出版社。
15. 《唐詩別裁》，沈德潛，商務印書館。
16. 《文心雕龍》，劉勰，中華書局。
17. 《詩品》，鍾嶸，正中書局。
18. 《清詩話》，丁福保編，明倫出版社。
19. 《歷代詩話》，何文煥訂，藝文印書館。
20. 《續歷代詩話》，丁仲祜訂，藝文印書館。

21. 《詩話叢刊》，弘道公司編輯部，弘道文化事業有限公司。

22. 《唐宋詩醇》，清高宗御選，中華書局。

23. 《漁隱叢話》，胡仔，廣文書局。

24. 《石遺室詩話》，陳衍，商務印書館。

25. 《甌北詩話》，趙翼，廣文書局。

26. 《隨園詩話》，袁枚，廣文書局。

27. 《昭昧詹言》，方東樹，廣文書局。

28. 《韓詩臆說》，程學恂，商務印書館。

29. 《人間詞話》，王國維，中華書局。

30. 《中國文學發達史》，劉大杰，中華書局（63年版）。

31. 《中國文學批評史》，郭紹虞，明倫出版社（58年版）。

32. 《中國文學史》，葉慶炳，廣文書局。

33. 《中國文學八論》，劉麟生等，泰順書局。

34. 《中國文學批評通論》，傅庚生，經氏出版社。

35. 《中國詩學設計篇、鑑賞篇》，黃永武，巨流圖書公司。

36. 《中國文學欣賞舉隅》，傅庚生，地平線出版社。

37. 《詩詞曲作法講話》，王氏，洪氏出版社，

38. 《唐代詩學》，正中書局編委會，正中書局。

39. 《唐詩說》，夏敬觀，河洛圖書出版社。

40. 《詩論》，朱孟實，開明書店。

41. 《迦陵談詩》，葉嘉瑩，三民書局。

42. 《陶淵明批評》，蕭望卿，開明書店。

43. 《韓愈志》，錢基博，河洛圖書出版社。

44. 〈雜論唐代古文運動〉，錢穆，《新亞學報》第三卷第一期。

45. 〈朱子論韓愈文之氣勢〉，楊勇，《新亞書院學術年刊》第十五期。

46. 〈韓愈及其詩〉，陳曉薔，《現代學苑》五卷十期。

47. 〈韓白論〉，周蔭棠，《金陵學報》第一卷第一期。

48. 《中晚唐詩研究》，馬楊萬運，台大博士論文。

49. 《韓愈詩用韻考》，段醒民，輔大碩士論文。

50. 《韓愈生平及其詩之研究》，吳達芸，台大碩士論文。